博雅文章采薇辞

— 北大记忆 —

谢冕 著

图书在版编目(CIP)数据

博雅文章采薇辞 / 谢冕著. —北京：北京大学出版社，2018.5
（北大记忆）
ISBN 978-7-301-29440-6

Ⅰ. ①博… Ⅱ. ①谢… Ⅲ. ①散文集—中国—当代 Ⅳ. ① I267

中国版本图书馆 CIP 数据核字（2018）第 061007 号

书　　　名	博雅文章采薇辞 BOYA WENZHANG CAIWEI CI	
著作责任者	谢冕　著	
责任编辑	于海冰	
标准书号	ISBN 978-7-301-29440-6	
出版发行	北京大学出版社	
地　　　址	北京市海淀区成府路 205 号　100871	
网　　　址	http://www.pup.cn　新浪微博:@北京大学出版社 @培文图书	
电子信箱	pkupw@qq.com	
电　　　话	邮购部 62752015　发行部 62750672　编辑部 62750883	
印　刷　者	天津光之彩印刷有限公司	
经　销　者	新华书店	
	660 毫米×960 毫米　16 开本　17.5 印张　230 千字 2018 年 5 月第 1 版　2018 年 5 月第 1 次印刷	
定　　　价	49.00 元	

未经许可，不得以任何方式复制或抄袭本书之部分或全部内容。
版权所有，侵权必究
举报电话: 010-62752024　电子信箱: fd@pup.pku.edu.cn
图书如有印装质量问题，请与出版部联系，电话: 010-62756370

目　录

代序　谢冕先生片断素描（三）　　高秀芹　01

辑一　风景

琴韵书香悠远
　　——北京大学120周年　003
我怕惊动湖畔那些精灵　013
燕园旧踪考　018
《北大遗事》序　029
为起草北京大学校歌致校长信　032
校训是心灵一盏灯　035
一颗热爱之心
　　——读王雪瑛　039
采薇阁记　043
采薇阁的第一位客人　047
采薇阁迎春小引　049
诗歌的北大　051
这里是新诗的故乡　055
北大中文系的传统　058

关于鲤鱼洲诗的信 060

怡园夜宴记
　　——我在北大与叶甫图申科的会见 067

北大是一本读不完的书
　　——在北京大学中文系2017年度开学典礼
　　　上的致辞 073

辑二　气象

先生始终是青春的
　　——林庚先生百年诞辰纪念 079

校园里的缅桂在开花
　　——林庚先生赴厦门大学任教七十周年
　　　纪念会开幕辞 082

郁金香庭院的聚会 084

他影响了中国文学的新时代
　　——在"袁可嘉诗歌创作与诗歌理论研讨会"
　　　上的发言 087

他赠我一幅乱荷 090

那变得遥远的一切
　　——忆吕德申先生 093

缪斯的神启
　　——诗人灰娃 097

寂静何其深沉
　　——记灰娃 101

那只文豹衔灯而来
　　——读灰娃 105

送她一束红玫瑰 111

在李瑛诗歌研讨会上的发言　114

他开辟了另一个审美的空间

　　——贺《李瑛诗文总集》出版　117

辑三　往昔

迟到的青春祭

　　——沈泽宜周年纪念，兼怀张元勋、林昭　121

玉取其润，石取其坚

　　——庆贺《孙玉石文集》出版　127

朋友如酒，久而弥醇　131

在一个美丽的地方开一个美丽的会

　　——黄山奇墅湖祝词　134

他的天空博大恢弘

　　——贺刘登翰　139

一束鲜花的感谢

　　——祝贺《洪子诚学术作品集》出版　144

我们曾赴春天的约会

　　——题北京大学中文系1956级纪念册　148

相聚在新时代

　　——记北大中文系1977级　154

《程文超文存》序　159

老孟那些酒事儿　162

与你相遇人生很美丽

　　——《湘夫人的情诗》序　165

诗人在城市的遭遇　169

矛盾的，更是真实的

　　——再谈《都市流浪集》　175

人生至境

  ——庆贺骆英（黄怒波）登顶珠峰 177

世界的极点也是生命的极点

  ——骆英诗集《7+2登山日记》读感 179

诗中的故事

  ——骆英新作《知青日记》读感 189

骆英的《文革记忆》 195

每年这一天

  ——海子逝世二十年祭 197

今夜，我在德令哈 200

太阳花岛的纪念 202

辑四　言说

校园外的庆祝

  ——"百年中国文学研讨会"开幕辞 207

为诗歌感恩

  ——在中坤诗歌发展基金捐赠仪式暨诗歌界

   迎春会上的致辞 210

为了中国诗歌的建设

  ——在北京大学科学研究会议上的发言 212

主持人的开场白

  ——在新世纪中国新诗学术研讨会

   开幕式上的致辞 218

我也有一个梦想

  ——在北京大学中坤诗歌基金建立五周年

   学术论坛上的发言 221

向诗歌致敬　224

我们再一次为诗歌相聚　227

我们播种爱情　229

鲜花一般芬香的是诗歌　232

为了中国新诗的建设
　　——《新诗评论》发刊词　235

世纪诗歌之约
　　——《中国新诗总系》总后记　242

寻花踏影到梦端
　　——《中国新诗总系》出版感言　245

在胡适陈独秀工作过的地方
　　——《中国新诗总论》总后记　250

《新诗发展概况》答问　253

美丽的不仅是相遇
　　——2010年培文图书作者联谊会有感　259

培文坚持了高品位　261

写作永远是春天的　262

后　记　刘福春　264

代序

谢冕先生片断素描（三）

高秀芹

这是我第三次为谢冕先生的散文集写序，每一次写序，于我都是一种精神的锤炼，也是我跟谢冕先生的重新相遇。

十年前，我为他的《红楼钟声燕园柳》写序，我写了《谢冕先生片断素描》（一）。九年前，我为他的《咖啡或者茶》写序，我写了《谢冕先生片断素描》（二）。2018年4月，此时此刻，我要为他的《博雅文章采薇辞》写序，与其正儿八经地写序，不如接着写《谢冕先生片断素描》（三）。

十年，都发生了什么呢？

中国现实、文学还有我们个人都发生了深刻的变化，有人高升，有人降落，有人行走在陌路歧途，有人行走在光明大道。唯有谢老师，以一以贯之的姿势行走在诗歌的道路上，把日子过成了诗，从76岁到86岁，怎么感觉他没有任何变化，仍然如一个战士奔波在诗歌第一线，跑步、写作、大笑，他玩成了劳动模范。

被韩毓海师兄命名为"胡适文存"的《谢冕编年文集》（12卷，600万字）已出版。谢冕主编的《中国新诗总系》（10卷）已出版。谢冕主编的《中国新诗总论》（10卷）已出版。他的专著《中国新诗史略》即将出版。他的散文集《博雅文章采薇辞》即将出版。他参加了无数个诗歌活动、诗歌节、发表了无数个演讲。

可是，以上这些事情都是大家知道的，我总该写点新鲜的东西吧？应该写一点儿作为学术劳模以外的谢冕先生的片段吧？于是，我想起了近年在我们这个以谢老为中心的圈子里用得最多的两个关键词："伟大导师"和馅饼大赛，这可以是阅读"80后"谢先生的钥匙。

"伟大导师"

我要声明，谢先生是被"伟大导师"的。

这个称呼源于师兄韩毓海教授的名著《伟大也要有人懂》。伟大师兄汪洋恣肆地给青少年讲伟大领袖毛主席，据说影响很大，海外版权连续输出，海内存流量，天涯读伟大。好像在谢先生豪宅海德堡花园别墅的家里，有人无意地说起韩毓海教授的这部伟大之书，谢先生以他习惯性的哈哈大笑给予极高评价："韩毓海厉害呀，伟大呀！"既然有了"伟大师兄"，自然也就有了"伟大导师"。

自从谢老师被"伟大导师"以后，蓦然发现他还真具有"伟大导师"的基本素质，我们之前怎么都没发现呢？

谢老师高额如马克思，声如洪钟，掷地有声，毫不含糊，如同将军指挥千军万马，所以著名作家翟晓光一直称他为首长，他很享用。他发言喜欢用判断性词语，毫不犹豫地定性定论，甚至有些"霸道"，只有"伟大导师"才有这么个范儿。他需要极强的节奏来呼应这些，他在精神世界的强悍落地为王，以"伟大导师"之魄力行走诗坛，走路风快,笑声嘹亮,说话气吞山河。

我们仰望着"80后"的"伟大导师"在诗歌的天空中飞翔,经常有人问我:谢老师在北京吗?我说:他在天上飞呢。去年他有一半时间奔波在路上,以诗歌的名义行走于神州乃至域外。现在各种诗歌节太多,诗歌大会小会大赛小赛,还有诗歌大城小镇,诗歌跟一日三餐一样成了生活的必需品,"伟大导师"成了诗与远方的代言人,他把自己行走成了一首最苍壮的诗,一首波澜壮阔、深邃迷人的诗,更是伟大的诗。

谢先生被拥戴为"伟大导师"后,他对这个新名号不以为然,我们大呼小叫地呼喊"伟大导师",刚开始他不答应,不答应我们就不弃不顾地仍然呼声如雷,最终谢先生只好默认了。然后,他自己也以戏谑的口气来言说"伟大导师"了,每次他自嘲似地说,"伟大导师"让你们做的,我们就哄然大笑。

有一次"伟大导师"给自己正名说:"我这个伟大导师,应该为'伟大导吃'。人生在世,其他都不重要,每一天都快乐就好了,我只管导你们吃喝。"一说起吃,谢老师就眉飞色舞,一副"伟大导师"的样子,真的像行家老手一样悠然自得。"伟大导师"对于吃有他自己的一套法典,别人无法动摇。我们说什么好吃,他一定要亲自去尝一尝,他对自己的鉴定口味很笃定自信。北京大学中文系的先生们都有一套自己的独门法宝,对吃各有各的独家秘笈,比对文学的趣味要广泛,每每争论不休。孔庆东教授曾经比较过钱理群先生和陈平原先生对于吃的宽度广度深度后说:"钱先生说不好吃的肯定不好吃,因为他太宽容。陈平原说好吃的肯定好吃,因为他太苛刻。""伟大导师"对此不以为然,他说:"陈平原说自己是美食家,他不能吃辣,不能喝酒,算什么美食家?美食家要像'伟大导师'这样,酸甜苦辣咸都热爱,现在有很多人为了所谓的健康,少盐少糖少油,寡淡无味,能叫美食家吗?"

"伟大导师"喜欢吃红烧肉,喜欢绝对的东西,不咸不吃,不甜不吃,不油不吃,不肥不吃,不香不吃,快意恩仇,刀刀见血,他喜欢透彻的、明亮的、温情的、美好的。"伟大导师"的口味和审美观达成了高度一致，对于极致的追求，对于人间万物的喜好，对于食色的品位，他都要求达到极致。

当然，对于"伟大导师"的美食鉴定水平，他的最亲密伙伴洪子诚教授就提出了异议。洪老师以一贯的对亲密伙伴的嘲讽口气说："大家别信谢冕的口味。"洪老师的意思是谢冕先生的口味是很 LOW 的，也就是劳动人民质朴的口味，代表不了以他为代表的有品质的小资和文艺口味。

"伟大导师"不会为这些杂音所困扰，他听不进任何有违他食客本性的建议，或者说他对于"导吃"具有一往无前的自信力，甚至比他对诗歌的执著还执著。当然，如此热衷"导吃"总要有点成果出来，比如发表个文章在核心期刊，被 C 刊选用啦，或者被评上个长江啦等等，总要有个说法。

于是就有了我们这个小江湖中一年一度最重要的盛事：馅饼大赛。

馅饼大赛

终于写到"伟大导师"心坎上了，这些年他最得意之举就是一年一度的馅饼大赛。

我先简单介绍一下我们的这个馅饼大赛：让谢老师引以为豪的馅饼大赛已经圆满举办了七届，参加者大都是谢老师的朋友、学生以及三亲四戚们。比赛规则是只计算吃馅饼的数量，啤酒以及其他不计在内。严禁作弊以及边吃馅饼边吃消食片等，吃了消食片相当于参加体育赛事时吃了兴奋剂。从第二届开始，谢老师的日本留学生岛由子特意从大阪飞来参加，谢门的年度馅饼大赛一下子升级为国际大赛，以后每年春假期间，日本樱花风姿绰约盛开之季，就是我们馅饼大赛撸起袖子盛办之时。

馅饼大赛后来被朱竞和谐为"谢饼大赛",并把"伟大导师"语录制作成标语口号:能吃就是生产力。这话好像"伟大导师"还真说过,馅饼大赛主要看看你们这些中关村的知识分子和白领的胃口还行不行?经过馅饼大赛,我们都经受住了考验,胃口茁壮,能打硬仗!连续三年冠军都是丁石孙校长的秘书刘圣宇博士,我、朱竞、潘月卿都得过女冠,后来女冠被刘福春的学生王琦获得,我们心服口服,毕竟长江后浪要推前浪的。洪老师、邵燕君和高远东得过新秀奖,去年忽然杀出一匹黑马萧夏林,去年今年都以绝对优势夺冠,估计明年还是他的冠军,除非又有黑马出现。清华大学旷新年教授每年第一个来,准备时间长,但是成果小,他自勉说:甘居人后,可惜今年没能亲自到现场参加。

各位要想知道更详细的情况,请看"牛通社"通稿:

第六届国际馅饼大赛新闻通稿

2017年3月26日中午12点到下午2点,第六届国际馅饼大赛在北京大学圆满闭幕,这是一次欢欣鼓舞的大赛,是一次推陈出新的大赛。参赛人数19人,吃掉馅饼244个,人均12.84个,喝八壶开水、啤酒若干,吃掉水果若干。参加者:谢老师、陈老师、刘福春、张志忠、徐文海、陈福民、于慈江、高远东、旷新年、萧夏林、孙民乐、丁超、岛由子、朱竞、金燕、邵燕君、潘月卿、张洁宇、高秀芹,其中仨新人:于慈江、高远东、萧夏林,萧夏林以绝对优势刷新冠军记录,取得24个的好成绩。于慈江和高远东以16个的成绩获得本届新秀奖。

大赛主席伟大导师谢冕先生欣然在大赛记录本上题词:

一年一度的春天聚会，我们永远的目标是友情和快乐。大赛坚守友谊第一、比赛第二的信念，把友情进行到底，把快乐进行到底。本届大赛以朗诵和歌舞缔造了新的快乐。于慈江朗诵的《再别康桥》让质朴的馅饼充满了浪漫色彩，徐文海大师以一首草原之歌让腾格尔无言，福民兄的新疆民歌让来自新疆的美丽姑娘潘月卿翩翩起舞，此情此景，怎一个乐字了得！

大赛结束后，春色正浓，丁超送陈老师和岛由子回家，福民和洁宇有事先走，其他人乘兴游园，簇拥伟大导师，从东门鱼贯而入，喜笑颜开，过未名湖，杨柳依依，桃之夭夭。燕君邀众人去她小院种花，老孟言燕君房子乃偏房，以讹传讹，燕君让伟大导师正名，并以诗歌的名义撒种，小院杂草丛生，土壤干燥，远东兄去自己屋里取来工具，精耕细作，兄妹开荒，萧夏林担水数桶，金燕浇水，滋润大地，谢先生迎风撒种，正值海子忌日，每一粒种子如同诗歌的精灵，在燕君小院生长。

由诗歌而想到采薇阁，众人乃离开燕春园到采薇阁，铁锁紧闭，旁边画法研究院也关门谢客，众人兴意不减，穿后湖，过镜春园，到鸣鹤园，看谢老师所推崇的最美迎春花，可惜花谢叶盛，旁边连翘正开，余教人辨识迎春与连翘，不觉到西门，跟伟大导师别离，遥望刚吃过 15 个馅饼的谢老师雄赳赳而去。

本届大赛众人皆留言题词，言之凿凿，来年再战，期待来年好成绩。本届大赛书记员张洁宇博士以精益求精的科学精神记录每人吃馅饼数，公正无私，不徇私舞弊，当"严重"表扬。

今日见谢老师，谢老师高度表扬旷新年和高远东。旷新年是态度好，愈败愈战，愈战愈败。高远东文章写得好，吃了馅饼后，可以当大赛宣传部长了。此乃后话。

关于今年大赛现况，我摘录本家老哥高远东教授的微信：

昨日（2018年3月17日）是个好日子，北京喜降一场迎春雪。我则有幸再次参加谢饼会。首先听谢冕老师做了主题报告，他说今天的雪下得很认真。然后从自己拟写的文章《馅饼记趣（俗）》说起，追溯到《论语·侍坐章》孔门弟子"各言尔志"的情状。说孔夫子"吾与点也"，就是赞赏曾点在春天追求欢乐的精神。而起源于谢门师生欢聚的谢饼会迄已举办第七届，大家以竞赛吃馅饼的野蛮方式，追求春天的欢乐和生命的恣肆，上接孔门的风雅传统。然后第七届国际谢饼会竞赛开始。

此届竞赛不同于我参加过的上届，据组委会主席高秀芹说，此届人数达25人，汇聚以往各界冠军（如刘圣宇、萧夏林等），且选手不限于谢门，有来自日本的国际友人，有从宁波专程来的远方高朋，更有社科院文学所刘福春研究员带领妻子妻妹举家参赛，连绝迹谢饼会多年的洪子诚老师和孟繁华大佬等都重出江湖，更有一众新人如研究80年代的名家徐庆全，社科院文学所学术新秀李哲和首师大张志忠老师特遣的少壮派刺客张光昕……阵容甚是肥壮，严整而有深度。

我去年曾以啖饼16枚的成绩和于慈江并列获得新人奖。此次参赛自然把他和去年男子组第三名的孙民乐作为PK对象。没想到慈江兄迟到后完全丧失比赛斗志，把注意力放到赛间休息的诗朗诵表演上去了。这就好比一个选手不好好比赛，反而热衷当个拉拉队长，令我太息不已。而孙民乐一开始成绩遥遥领先于我，我因此差点不再把他作为PK对象，但最终他确实也不再是我的PK对象了。我最终以啖19个馅饼的成绩，获得总成绩第三名季军，实现了对自我的超越。

当然对冠军萧夏林（24 枚）和亚军李哲（21 枚），我是完全服气的。

　　中场休息时，于慈江兄再次朗诵了诗歌，徐庆全为大家演唱了那首《听妈妈讲那过去的事情》，最早我是听张海迪唱的，其实是一首老歌。老妹高秀芹用胶东话做了关于此届谢饼会的工作报告。洪子诚老师作为观察员和第二届谢饼会新人奖获得者做了具有学术含量和文化启示的发言。

　　颁奖仪式上，为我颁奖的孟繁华大佬有一个尼克松式的伸臂握手，令我甚为感动，当晚就把奖品——讲述老孟酒后丑态的《老孟那些酒事儿》一书翻看了一遍。

　　图八是 19 个馅饼，我就是一次吃掉这么多！

　　末图是谢饼会散后照例要在春天的燕园里行走，既为赏春也助消化，邂逅地理系的退休教师 X 老师。她原住朗润园，后来搬到回龙观住，但二十年来一直风雨无阻，每天下午带猫粮罐头和水来校园投喂。《动物解放》那本绿党意识形态的名著，就是她推荐我读的。我还特意买过几本送给了北大猫协。

　　通过以上两篇关于馅饼大赛的微信通稿可以看出现场之盛况、之豪放、之惨烈、之紧张，能吃不是吹的，是一口口吃下去的。在我们这里得到冠军是最大的荣誉，老孟虽然酒坛名气大，到馅饼大赛上是英雄无用武之处，只好给大家端端盘子当当拉拉队员，很羞涩地拿出《老孟那些酒事儿》遮遮面子。

　　当然，馅饼大赛上最得意最欣喜的是"伟大导师"。

　　"伟大导师"指示：文章可写可不写，会可开可不开，馅饼大赛一定要办下去！

后　记

毕竟要为《博雅文章采薇辞》写序，拉拉杂杂写了生活中的谢冕先生的几个片段，书还是自己要亲自去读的，请热爱北大、热爱诗歌、热爱生命的朋友们打开书吧！

补　编

这本书是谢冕先生献给北大和诗歌的恋曲，请看先生表白：

北京大学是中国新文学的故乡，更是中国新诗的摇篮。

我用一生的时间只做了一个诗歌梦。

我们感谢诗歌，因为它在物质张扬的年代，带给我们以精神的丰满与充实；我们感谢诗歌，因为它在普遍缺乏情趣和想象力的平庸与琐碎中，给我们以梦想和安慰。诗歌告诉我们，世间的一切可能都是过眼烟云，而诗歌可能创造永恒。让我们像敬畏宗教一样敬畏诗歌，诗歌就是我们的宗教。

我说过，诗歌是做梦的事业，让我们在梦想中升起希望，以诗歌抚慰那些受伤的心灵。此刻我们最大的愿望就是，告别仇恨，珍惜和平，让我们在硝烟和血腥的大地以诗歌播种爱情，这是并不美丽的世界的最美丽的一道风景。鲜花一般芬香的是诗歌，海水一般透明的是诗歌。

辑一 风景

琴韵书香悠远
——北京大学 120 周年

遥望红楼灯火

燕园的春天醒得早,未名湖面的冰还未消融,畅春园墙边的山桃就悄悄地开了。山桃花开得有点寂寞,它开在人们不知春来的季节。记得那天,心绪苍茫,那是一位诗人离去的日子,一帮人在鸣鹤园那厢山崖寻找歌唱"面朝大海 春暖花开"的迎春花。不想迎春也是心急匆匆,只剩下些零落的花朵供人惆怅。连翘倒是多情,它用一片无边的黄金海,慰藉我们的春愁。这一年三月的末梢,时间穿越在这座京城郊外的园林中。

遥想当年红楼的灯火笙歌,民主广场的悲愤呐喊,此际却是满园春意阑珊,花明如昼,花飞如雨,不觉间,时光已是 120 年无声无影地流逝。蔡元培先生在花丛中微笑,身上洒满花朵般的阳光。恍若是,他才与司徒雷登校长相约于临湖轩,雕花窗棂飘出了新磨咖啡的香味。李大钊先生依然坐拥俄文楼前一片绿荫,时时有他永久的青春做伴。他的那些从沙滩红楼搬过来的图书,历经战乱,完好无损,大部分已收藏于贝公楼旁的档案馆。先生心安。我曾在那里墨绿色的幽暗的老

北京大学红楼

台灯下，翻阅过散发着百年墨香的《清议报》，纸黄页脆，窸窸窣窣，令人怀想19世纪昏黄的夕阳。

这是如今的燕园北大。作为一所标志性的新型大学，北大与世界各国的名校相比，历史并不算长。120年，按照中国的历法是两个甲子，总共只是120个春秋寒暑。要是我们撇开短、长的议论，纵观北大两个甲子的历程，却是中国近代史的一个大概括和大总结，它浓缩了中国近代以来的全部忧患、苦难以及追求，它记载着中国为摆脱无边苦难而进行的抗争。故此，北大迄今拥有的历史，是一部中国近、现代史的经典缩写——这是一部"悲欣交集"[①]地跨越了19、20、21三个世纪的"漫长"的史书。

[①] 此处借用弘一法师语。

前世今生的"胎记"

北大诞生于风雨飘摇的岁月。公元 1898 年，旧历戊戌，是清光绪二十四年。这一年，中华大地有大事发生：光绪皇帝顺应了维新的主张，下"明定国是"诏，宣布维新变法。在变法所颁诏书中，当年 7 月 3 日的"诏立京师大学堂"的诏书格外引人注目。它预示了开科取士传统的终结，从这里发出了建立中国现代教育的最新信息。废除八股、改试策论、革黜历代实行的科举制度，代之以当世通行的现代综合性教育。此项改革跨度甚大，是以建立新型大学为出发点，从根本上改变国家人才培养的旧思路，而期之以全新的现代教育的建立。

建立京师大学堂不啻为当日一件惊天动地之举。为了这所大学的诞生，当时的总理事务衙门起草了一份设限很高的文件："京师大学堂为各省之表率，万国所瞻仰，规模当极宏远，条理当极详密，不可因陋就简，有失首善体制。"① 我们不难从这些高级措词中看出对未来的这所大学的郑重预期。1898 发生的那场血腥镇压，使戊戌维新的计划受到严重摧残，维新变革的所有政令一旦都成了废纸，京师大学堂的建校之议亦被搁置。但庆幸，创立大学堂的拟议尚存，它成为一个斧钺缝隙的"幸存者"。

那真是一个灾难的年月：六君子弃市，康、梁出走，年轻的皇帝被囚禁于瀛台……此时中国的上空阴云密布，而无边苍茫中一星犹明，人们对事关人才培养的教育革新，依然心存一念。建立京师大学堂的"项目"没有被取消，它在一片凋零肃杀中依然默默等待。也许这就是北京大学前世今生的"胎记"，于是成为遗传：北大生于忧患，历尽沧桑，心系国运，不离不弃。北大不仅是"常为新的"（鲁迅语），而且始终是命中注定的"以身许国"，坚定且自强。

---

① 见《变法自强奏议汇编》卷十。

方生未死之间

北大诞生于历史转折的节点上，120 年的校史前后跨越了三个世纪，这就是 19 世纪的晚清、20 世纪的民国，以及 20、21 世纪的今日中国。这是一个经历了列强侵略、国土沦丧、战争和动乱纷至沓来的年月。这不会是巧合，更像是宿命，北大诞生于中国的方生未死之间。当年，在周遭一派静默中，中国的志士仁人探寻救亡图存的道理，而新型大学的理念即是其中的重要"选项"。从古旧的思维和积习中走过来，早期的京师大学堂面对的是这样尴尬的局面：它当初设置的所谓新科，仍是旧学堂搬来的诗、书、礼、易、春秋那一路数，学员称"老爷"，可以随带仆役，毕业生依次授贡生、举人、进士头衔等等，总之，依然一派旧日模样。

清廷和民国政府在选派大学堂的主管方面倒是慎重的。第一任的管学大臣委派孙家鼐。孙家鼐时任吏部尚书、协办大学士，是朝廷重臣。孙家鼐于咸丰九年（1859）32 岁时中一甲一名进士，状元及第。在咸丰、同治、光绪三朝都是当朝命官，1889 年代理工部尚书，次年 3 月又兼刑部尚书，11 月被授予都察院左御史。光绪十七年（1891）先后又兼礼部尚书、工部尚书，迅即补为顺天府。在短短的时间内屡升屡迁，屡迁屡升，充分说明他是能力与才情超强之士。更为重要的是，他不是一般的官吏，他有新思想，主张"中学为体，西学为用"，主张集传统经学堂与西学之优长于一身。①

因为京师大学堂乃国中诸学堂之首，当年总是寻找学界的领袖人物主政北大。管学大臣孙家鼐之后，继任其位并正式任命为北京大学校长的是严复。要是说孙家鼐作为朝廷命臣，是旧式官僚的话，严复

---

① 翦伯赞：《戊戌变法》（二）。

可是非同一般的举世仰望的学界泰斗。严复是福建侯官人，国学修养弘厚，他是个学贯中西、业通文理、习兼文武的一个奇才。早年应试福建船政学堂，以第一名录取。船政学堂四年中，严复学习了英文、算术、几何、代数、解析几何、三角、电磁学、光学、音学、热学、化学、地质学、天文学、航海术等现代科目。

船政学堂毕业之后，严复曾随"威远"号远航新加坡、槟榔屿，又曾登"扬武"号巡航黄海和日本海。1877至1879年，严复受派赴英国普兹茅斯大学留学，又至格林尼次海军学院深造，在那里得到多方面的学术滋养：高等数学、化学、物理、海军战术、海战公法以及枪炮营垒等各科知识。所以，我杜撰地称他"习兼文武"并非无据。更重要的是，他在人文学科方面的造诣也是国中翘楚，是他第一次译了赫胥黎的《天演论》，引进万物优胜劣汰、自然竞争的学说，是他首提译事的"信、达、雅"三原则。他当然是实至名归、非常理想的校长人选。

为北大铸魂

京师大学堂立校的时候，并没有如今盛行的那种大兴土木盖新房子，记不清是用了哪家皇亲国戚的旧宅了。正式挂了北京大学的牌子后，像样的也只有一座红楼，今天看来红楼也是很普通的建筑。有资料说，当年印刷厂就设在红楼底层，颇有一些"前店后厂"的味道。红楼以外，其余各个院系（初期叫"门"，如国学门、哲学门），也都是"散居"于京城的各处，庄严的学堂被那些迂曲的胡同隐蔽着，让那些老槐树的浓荫遮掩着，也都是深藏不露的。当日学员的穿着，一般还是长袍马褂，后来有少许穿洋装的，大体总是不修边幅的名士派头。这种风习一直延续着，从沙滩到海淀，基本若是。故民间有"清华富，北大穷""燕京洋，北大土"的顺口溜"传世"。

蔡元培是当代名士，在履新北大校长前即有非常丰富的阅历。他早年遍读经、史、小学诸书，儒学造诣深厚。他是前清进士，1892年授翰林院庶吉士，1894年补编修。戊戌变法后，回乡兴办新学，提倡民权。辛丑年他任教于上海南洋公学，后任爱国女校校长，与章炳麟等创立中国教育会，任会长。1898年开始学习日文，1907年，入莱比锡大学研读文学、哲学、人类学、文化史、美学和心理学。四十一岁，开始学习德文。蔡先生接手北大之前，曾任职南京临时政府的教育总长，已是中国学界和教育界的领袖人物。

1917年蔡元培就任北京大学校长，他面对的是北大当时弥漫的读书做官的旧习。甫一上任，他即昭告诸生："大学也者，研究学问之机关"，"大学生当以研究学术为大责，不当以大学为升官发财阶梯"。蔡元培主政北大，不是为北大盖新房子，而是为北大立新精神。这就是鲁迅觉察到的北大之"新"，不是新房子，而是新思想，新精神。此种新精神基本由如下当当响的十六个字组成："囊括大典，网罗众家，思

蔡元培先生像

想自由，兼容并包。"① 当年蔡元培屹立于四围积习的榛莽之中，义无反顾地实行他的立校主张。马寅初回忆说：

> 当时在北大，以言党派，国民党有先生及王宠惠诸氏，共产党有李大钊、陈独秀诸氏，被目为无政府主义者有李石曾氏，憧憬于君主立宪，发辫长垂者有辜鸿铭氏；以言文学，新派有胡适、钱玄同、吴虞诸氏，旧派有黄季刚、刘师培、林损诸氏。先生于各派兼容并蓄，绝无偏袒。更于外间之攻讦者，在《答林琴南氏书》中，表其严正之主张（见《北京大学月刊》第1期）。故各派对于学术，均能自由研究，而鲜摩擦，学风丕变，蔚成巨观。②

精神遗产

蔡元培于主政北大之初，即庄严宣告他的办学理念："仿世界各大学通例，循思想自由原则，取兼容并包主义"，"无论有何种学派，苟其言之成理，持之有故，尚不达自然淘汰之运命者，虽彼此相反，悉听其自由发展"。积痼甚深的旧习，经蔡校长一番倡导，北大于是气象一新，俨然注进了一股新鲜的生命水。这就是蔡元培以大手笔为北大打下的精神基石，这大手笔源于他的大胸襟，有大胸襟方有绵延至今、蔚成风气的大气象。

在今日，红楼早已为别家占用，想讨回也不容易。现在北大所在的燕园，原是燕京大学校址，却也是别人家的房子。大变动的年代，

---

① 蔡元培：《我在北京大学的经历》，《东方杂志》第31卷第1号。
② 《马寅初全集》第11卷，第175页。

即使应当相对稳定的院系学科的存废,尚且是想怎么改就怎么改,何况房子!现今燕园的新旧房子当然都不是蔡校长盖的。蔡校长没有为北大留下"房产",他留下的是精神,是与世长存的北大精神。不管北大栖身何处,宽宏博大的北大精神总是绵延不绝地流淌着。这种精神在每一个北大人的心灵深处奠定不朽而无形的基石,这是蔡元培先生为北大铸造的千秋大厦,也是前人为今人留下无价的精神遗产。

1937年北平沦陷,学校南迁长沙,为国立长沙临时大学;长沙告急,又西迁昆明,为国立西南联合大学。避难途中,衣食尚且不保,校舍云云,未免总是奢想,而联大师生却是一路弦歌前进。千里跋涉,风餐露宿,依然书声琅琅,歌吹遍野,浩气干云。这真是:"人不堪其忧,回也不改其乐。"艰难岁月,为挽救危亡,千余师生投笔从戎,远征印缅。战烟迷漫处,科学民主的旗帜依然飘展迎风,在遥远的边地谱写了新的一曲可歌可泣的乐章。起初是抗击法西斯侵略者,后来是

西南联大校门

求自由、争民主，联大师生的身影始终跃动在艰难岁月勇猛行进的行列中。

维护学术尊严

一方面是笙歌弦诵，一方面是秉烛夜读，充耳是，风声雨声读书声。居陋巷，简衣食，联大师生从来没忘了书窗外的风雨雷电，他们把天下事揽入胸怀，腥风血雨的岁月，李公朴倒下了，闻一多悲愤陈言：前脚跨出门槛，就没想再跨进来。他的"最后的讲演"惊天动地，他真的一去不回。他们的鲜血染红昆明街头，他们唤醒了更多的人。即使是那样惨烈的年代，战争在远处进行，诗歌依然从容地在这里传播、生长。记得当年，冯至从乡下步行进城讲课，数十里乡间小道，行走间吟成一本精美的《十四行集》。其间有战争烟云，亦有人生哲理，呈现诗人清雅情怀。悲愤之间，文雅的诗人难免发出《招魂》那样愤激的诗句："正义，快快地回来！自由，快快地回来！光明，快快地回来。"

为了投身世界反法西斯大决战，师生们穿上军服，背起武器，与史迪威将军一起深入印支半岛的热带丛林，与盟军一起作战。野人山受困，滇缅路急行军，队伍中就有年轻的联大诗人穆旦和杜运燮。为了中国明天的航天事业，从联大低矮的屋檐走出了后来的诺贝尔奖得主，以及两弹一星的元勋人物。这就是处变不惊、从容儒雅的北大人。

我常想，要是说蔡元培创造了一个遗世独立的追求思想自由与学术独立的时代，那么，马寅初当之无愧就是这个时代的维护者和践行者。1919年3月在天安门广场庆祝第一次世界大战结束李大钊发表《庶民的胜利》的讲演，蔡元培的题目是《劳工神圣》，马寅初的讲演是《中国之希望在于劳动者》，可见即使是当年，他们已是心灵相通的

"战友"。马寅初在一个新开始的年代就任北大校长,他以潇洒涵容的姿态治理学校,延续和维护蔡元培倡导的北大精神。

如同所有的学者和知识分子那样,马寅初面临着一场更加艰险的挑战。北大每年除夕的大饭厅的团拜会,已在瞬息万变的"百花时代"成为绝唱。一席"新人口论"的忠言,遭到了有组织的围攻。在批判马寅初的口号声中,三角地贴出了"我们不要这样的校长"的大字报。马寅初孤身应战:"我虽年近八十,明知寡不敌众,自当单枪匹马,出来应战,直至战死为止,决不向专以力压服不以理说服的那种批判者们投降。"① 黯然落幕的马寅初时代,留下了令人唏嘘的记忆。王瑶后来沉痛地告诉本文作者,这是一个不能说"不"的年代,他深深为自己当年在要求罢免马寅初的大字报上签名而愧悔。

公元 1966 年的某日深夜,马寅初亲手把已完稿的近百万字的十卷《农书》焚毁。这是一个惨烈的时代,一个惨烈的时辰,它记载着一个正直的学者为维护学术和人格的尊严所作的最后的抗争。当然,陷入这种境地的不仅是马寅初,而是一代有良知的知识分子。

岁月如河,浸漫无际。有些人走远了,有些人加进来。有始而无终。一切都在继续,一切都是庄严而沉重,明亮而美丽,创造,建设,坚持以及抗争。钱理群曾严词指出北大如今的"精致的利己主义",闻者为之心动。在北大,其实并不断然拒绝"利己"(当然不必"精致"),但总是把"利他"置于前的。言谈之间,不觉两个"甲子"就这样过去了,犹记当年在燕园贴出的"一株毒草"② 以及"振兴中华"的呼声,真的恍如昨日。

2017 年 5 月 4 日,于朗润园采薇阁

---

① 马寅初:《重申我的请求》。
② 这是谭天荣大字报的题目。

我怕惊动湖畔那些精灵

好久没来这湖边了。我拣这一年的最后一天来这里跑步,为的重温往日的记忆。清晨,严寒,有点风,还有点雾——可能是轻霾,这城市为雾霾困扰已久,我们也习以为常了。这湖是我的最爱,我的生命的大部分已弥散于此,常居昌平之后,我总找机会回来,回来一定找机会到湖滨跑步,这已是我数十年的习惯了。这里的一草一木都有记忆,也都会说话。我脚步轻轻,怕惊动那些沉睡湖畔的精灵。严冬,湖面已结上薄冰,工人正在整治今年的冰场。再过几天,冰场就会启用。

我有自己的跑步路线。从住处畅春园出发,进西校门,过鸣鹤园小荷花池,绕池一周。经民主楼、后湖,入朗润园。紧挨着路边,出现一座小院,正房住着温德先生,东厢房住着他的中国佣人。温先生终身未娶,中国是他永久的家。他九十岁还能骑自行车上街,还能仰游,他为美丽的燕园增添了精彩的一笔。温德的小院种满花草,其中不乏他喜爱的富有营养的野蔬,他不仅精通汉学,还是营养学家。温德先生是闻一多先生的朋友,当年闻先生"引进人才",一引就是终身。中国成了他唯一的,也是最后的选择。

我跑着,想着。眼前就是十三公寓——季羡林先生的家到了。先生住在东边单元二层,那边窗户里深夜的一盏灯,是朗润园的一道风

1955年入学北京大学时的谢冕

景。那灯光我是熟悉的,因为我和季先生曾是邻居,我住过十二公寓。记得那一年,火焚一般的夏天过去了,好像是萧瑟秋风时节,已是落叶满阶。那日在朗润湖边遇见先生。久别重逢,他关切地问:"还写文章吗?"答:"还写,但不能发表。"先生意态从容,沉吟片刻,说:"那就藏诸名山吧!"我们相对无语,只是淡淡,在我,却是如沐春风。

由此向东,是十二公寓了。情景如昨。也是冬天,湖水凝冰。透过湖面薄雾,依稀是儿子正在滑动他的冰车。迷蒙中我欲唤他,却是伤痛攻心,遂止。想起那厢住着吴组缃先生,他是直接教我的,我要向他执弟子礼。吴先生当年从镜春园搬过来,也是二楼。他搬来时我已搬走。那次拜望是为北京作协的朋友引路。记得有林斤澜、张洁、郑万隆、李青,可能还有严家炎。那年我们为吴先生庆八十大寿,吴先生说自己是"歪墙不倒"。陈贻焮先生住在吴先生的楼下,他也是镜春园搬来,不仅搬来了他的书房,也搬来了那边的竹林。先生有名士风,爱竹。先生一如既往地欢迎我,一如既往地款我香茗,与我谈诗论文,也一如既往地展示他湘人的傲骨,湘人的才情。

朗润园四围环水,有石桥通往内园。岛内崖畔,镌有季羡林先生手书"朗润园"三字。整座园子晴朗温润,宛若一块浮于水中的美玉。此刻冬寒,花事式微,已是满眼枯瘦,只能于记忆中寻找旧时芳华。此刻这一带枯水寒山,一路唤起我的记忆,有欢愉,也有无尽的怀想。金克木先生的家我是去过的,也是那年夏季过后,风雨萧疏中大家都很寂寞。我在北大想约请学界纯正人士,谈些那时已被冷落的学术,电话约请金先生出席。电话那头传来的声音爽朗而诙谐:"不行啰,我现在除了嘴在动,其他的都不能动了。我已是半个八宝山中人了!哈哈……"北大人都这样,他们会把沉重化解为谐趣!

瑞雪未名湖

从朗润、镜春两园逶迤向西，林间山崖，婉转隐约，顷刻间未名湖展开了它冰封的湖面。湖滨柳岸萧瑟，叶已落尽，空有枝条在寒风中摇曳。沿湖小道两旁，昔日葳蕤的花草也已枯黄。这边是斯诺墓，这位充满爱心与正义的美国人，选择这里的一角长眠。墓地面对着花神庙。花神庙那边有一片略为开阔的地面，稀疏地立着是供人们休憩的几张靠椅。那年也是清晨，也是在这里，晨曦中但见朱光潜先生在练拳。趋前请安，先生告诉我，这套拳法是他自编的。80年代，先生还未退休，他身材精干，脸色红润，双目迥然，那时正在紧张地翻译维柯的《新科学》。他是康健的，记得当年英国一剧团来华演出莎士比亚的剧，朱先生挤公共汽车去展览馆看戏，一时引发舆论热议。在北大，年长资深教授挤公共汽车是常态，不稀奇的。

临湖轩优美地隐藏在竹林中。竹子仍然呈青绿色，有点暗，带着与霜冻抗争的痕迹。这里曾是司徒雷登校长的住所。司徒校长当年主事燕京大学，这里是燕大师生感到亲切并且向往的地方。据说冰心先生的婚礼是在临湖轩举行的，司徒雷登校长主持了她的婚礼。此刻竹影婆娑，似乎参加婚礼的人们还沉浸在昨夜美丽的香槟和鲜花的回忆中。对于司徒雷登而言，这里当然也是他最不忍离开的地方，不想，那年北平围城的一声"别了"，竟是他与友好、挚爱、终身视为朋友的中国的永别。燕大的校友们、北大的师生们对他的思念是永远的。我选择这一年的最后一个清晨，向至今还活泼泼地生存在这里的精魂致敬。我怕惊动他们，蹑轻脚步，又不免沉重，因为这方土地负载太沉重了。

绕湖一周，习惯地回到了燕南园，这是我从学生时代至今都隐秘地钟情的地方。院子不大，内涵却是深厚，花径弯曲，总觉是绵长无尽。三松堂人去楼空，三棵"院树"（宗璞先生"封"的）依然凌寒而立，发出严寒中凝聚的苍绿的光焰。路经冰心先生当年的小楼，仿佛见她正推着婴儿车款步花荫，裙裾迎风，风姿绰约；周培源先生的家在近旁,那日我陪徐迟先生访问过他,在他的书房聆听他关于湍流的论说——周先生到最后都没有同意三峡工程。

燕南园集中了燕园最瑰丽的风景,他们劳作过、思想过、快乐过,也痛苦过。他们以自己的方式表达自己的意愿,作为学者,他们的人格是独立的。一旦试图改变他们的生活方式,或者是试图摧毁他们的学术尊严,雍容尔雅的他们,也会以自己的方式抗争。燕园的居民都记得,历史学家翦伯赞先生及夫人,曾经以最断然,也最惨烈的方式把自己写进了历史。他们,以及与他们同时代的人以自己的方式决然离去,是这座园林始终不能愈合的伤口。尽管我的脚步轻轻,但是我还是忍不住触动了历史最敏感的一页,我还是惊动了那些曾经爱过、曾经痛过、曾经辛劳过,也曾经幸福过的灵魂。

2013 年 12 月 31 日—2014 年 1 月 1 日,于北京大学

燕园旧踪考

这不是考古的文章,当然也不具备文献的性质。之所以起了这样的名字,是受了《日下旧闻考》①的影响,我喜欢那样的文体和叙述方式。我在燕园生活了一辈子,留下了很多记忆,这些记忆多半是亲历的,涉及此园的兴废、盛衰,虽非天下兴亡大事,却总是包蕴着青春岁月,一己悲欢,友朋聚散。这些挥之不去的点点滴滴,都留在心的深处,已与生命融为一体,是不可分了。当然,这也不是史书,充其量不过是个人见闻的一鳞半爪,当然也不具备历史的价值。

但记忆是那样顽强地存在着,我无法拒绝它的来袭。

三角地

三角地位于燕园西南,是嵌于学生宿舍楼间的一块小场地,纵横不过数百步。因为是位居学生宿舍区通往大、小饭厅的交汇地,形若

---

① 《日下旧闻考》,地理名著。清乾隆中窦光鼐、朱筠等奉敕撰,根据朱彝尊《日下旧闻》增补而成,共120卷。叙述以北京为中心,兼及京畿各地。原书包括星土、世纪等十三门,叙事止于明末。为研究北京掌故史实的重要参考书。

一个等边三角形，故有是名。三角地从外观看平常得不能再平常，若是无人指点，局外人全然不知这地面有何特别之处。三角地周边有几间矮房子，理发店和小邮局，一个储蓄所，一个自称"老字号"的修表铺，还有一个门脸很小的新华书店，也是"老字号"。整个三角地可谓貌不惊人，平常得如同一个普通社区的服务区。

三角地之所以出名而成为燕园的一道风景（甚至是第一景），全在于它的独特个性。开始是沿街树立的几扇广告牌（招牌），连排的，相倚而立，不加装饰，这是它当年的"门脸"。这些平常的广告牌，正因为它的貌不惊人的存在，而无限地扩展了师生本来窄狭的生活空间。它是我们自由表达思想和交流信息的场所。

原先的三角地是散漫而任性的，谁有了意见要发表，谁都可以往上贴纸条或后来称之为的大字报。举凡失物招领、社团活动、交友、求助，以及时政随感、学术动态，均可随意而行。有的难免琐碎，有的也不乏谐趣，少年意气，天下情怀，高谈阔论，纵横捭阖，或拥护，或驳难，悉听其便。那时没有微信，亦无点赞跟帖之类，方式自选，有的是在大字报上随意加批，有的是另纸予以驳斥或支持。因此三角地是驳杂的。因为驳杂，于是有趣，甚至有用。师生们寻找北大的动态，三角地总是首选。

后来，北大的校园屡迁屡建，三角地也不断被改造。先是，原先简陋的招牌改成精美的玻璃橱窗，随意张贴的"陋习"于是禁行。随后，玻璃窗也消失，变成了美丽的花园。于是美丽地宣告三角地的静默。历经沧桑，三角地现在是永远地消失了。但芳名不朽，人们习惯上还是把那块地面叫作三角地。北大的老人为人指点路径，三角地依然是永远的坐标。

大饭厅

大饭厅紧挨着三角地,东向,平房,木结构,高可数丈,以巨大的木架支撑屋顶,可供数千人同一时间用餐。大饭厅始建于上个世纪50年代,北大立足燕园之后(燕京是随着司徒雷登的消失而消失了),当时院系调整,扩大招生,宿舍、医院、运动场等等,包括餐厅,燕京大学的原有建筑不敷新用,一时间匆匆盖起了应急的用房。大饭厅即是应运而生的一座临时建筑。不想一不小心却从此进了"历史"。

说是饭厅,其实只有饭桌,不设坐椅,原因可能是为了节省空间。餐具各人自备,自家的碗筷装在用毛巾缝成的碗兜内,自行置放于餐厅周围特备的"书架"上。各人自定置放的位置,有条不紊,一般总不错乱。这充分体现了北大的潇洒。当日习惯,不分院系,八人一桌,人数齐了即可开饭。初入校时,是食堂全包,不施饭票制,每月每人交饭费十二元五角。人齐了,四菜一汤上桌,即可开吃。菜是定量的,一般两荤两素,逐日更换菜谱。主食不限量,米饭、馒头、窝头,随便吃,时不时地有饺子、包子、面条供应,也是不定量。

大饭厅为我们留下了美食的记忆。那时供应状况尚可,我们每隔一段时间,可以吃到烹对虾、红烧肉等"硬菜",节日还有加餐。后来环境熟悉了,同班同学可以自行调整到一桌用餐,边吃边聊,也有乐趣,却依然是站着吃。遇到节假日,大家相约把饭菜带到宿舍,开一个临时的"宴会",也是其乐融融。

其实大饭厅的作用不止于餐用,它是巨大的"多功能"厅。除了饭堂,还是会场、舞台、影院,是当年北大师生最重要的室内活动场所。马寅初先生当政时,由他出面经常邀请政界要人来校作报告,李富春、陈毅、彭真、周扬等都来过。他们做报告的会场就是大饭厅。每逢这样大的集会,都是各人自带椅子(新生入学时学校发给每人一张木椅子，自行保管，毕业还给学校）入场。那时提倡交谊舞，周末定期举行舞会，这里也是舞场。每逢举行大活动，学生会或工会一声令下，大家动手把饭桌抬出去，那空间就是庞大的舞台和会场。

　　大饭厅最风光的日子是每年的除夕聚会。除夕钟声响过，马校长总是带着微醺向大家祝贺新年。浓重的绍兴口音，说什么是不重要的，无非是"兄弟我今天多喝了一杯酒"之类，重要的是那份洒脱自由的"醉态"，活生生地代表了北大精神。对于马寅初而言，不仅说什么不重要，甚至做什么也不重要，独立、率性，这就是他的风格，也是他的魅力所在。1998年恭逢北大百年校庆，大、小饭厅退出历史舞台，在原址上盖起了百年大讲堂。从此华丽代替了简约，却是为师生留下了对于那里发生的一切的无限怀想和依恋，也包括依依惜别的深情。

小饭厅

　　小饭厅与大饭厅同时兴建，坐南，朝东，与大饭厅互为犄角。顾名思义，小饭厅面积较之大饭厅要小一些，但也是一个数百平方米的大建筑物。设想当年，也许是为了省地，也许是为了方便，特为大、小饭厅之间留下一片空地。后来在那里种植了近百棵柿子树，成为了一片树林。春夏之交，天气暖和，学生们可以端着饭碗来到树下，一边吃饭，一边歇凉。

　　小饭厅也是一个"多功能厅"。它的作用与大饭厅相同，可以是会场，也可以是舞厅，只是不放电影。遇到举行大报告了，它就是"分会场"，把大饭厅容纳不了的人分流过来听转播。其实小也有小的好处，它可以举行一般的聚会，所谓一般，即指院系或年级人数略少的聚会，包括舞会。甚至也可以是宿舍，记得当年我们初入校，新盖的宿舍还没收尾，小饭厅就成了我们的栖身之所，这座"临时宿舍"时间不长，很快就迁入新居。

后来，小饭堂的原址，也成了百年讲堂的一部分。那令人留恋的柿子林当然也消失了！可记得，那一片柿子林也曾是当年夜以继日"大鸣大放"的辩论场呢！想起那情景，像是昨天的事。我的一些友人，例如林昭，就是那辩论场的一员。记得当年，她心中有话要说，就一跃跳上了"辩论台"——那是人们从大、小饭厅搬来的餐桌，从此走上了为真理抗争的不归路。林昭的遭遇使我们扼腕，内心却是悲怆于无极。

燕南园

燕南园紧挨着大、小饭厅。位于燕园之南故名。它是园中之园，玲珑婉约，若燕园绿海中之一块碧玉。林荫覆盖，甬道清幽，遍植丁香、黄刺梅和碧桃，夹道花气袭人。这是燕京大学为教授修建的宿舍区之一。十数座二层洋楼散立林荫，清幽、静雅。每楼住一家。据我所知，燕大时冰心先生住过，司徒校长曾在临湖轩为她主持过婚礼。当年风华绰约的冰心，身着长裙推着婴儿车走过林荫，是燕南园一道风景。司徒雷登创建燕京大学，建校伊始，于募捐得来的有限资金中，不惜以巨资建燕南、燕东两园，每家一座小楼，筑巢引凤，可谓壮举。

这里集聚了燕园的精英才俊。林木掩映下，灯火阑珊，时有琴声从窗棂间透出。我入学时正是燕南园全盛时期，园中集中了至少三分之一的北大名人。中文系教授入住燕南园的有王力、林庚、林焘，外系的汤用彤、冯友兰、朱光潜、周培源、翦伯赞也住该园。因为是文学专业，林庚先生的家我们常去拜访。所谓"常去"其实未必，只是相对而言，或是求教，或是奉召，一般是不敢轻易打扰的。冯友兰先生家我去过，那时宗璞陪侍冯先生，我们因为访问宗璞而有机会在冯府

燕南园春色

"偶遇"冯先生。在我们当年的心目中,冯友兰是神一般的人物,是轻易不能见到的。

除了林庚先生的家,我还到过朱光潜和周培源的家。朱先生家是陪吴泰昌去的,吴泰昌对朱先生很熟悉,因为都是安徽人。有一次我陪徐迟先生拜访过周公馆。徐迟那时对文学以外的科学思想充满激情,写了《哥德巴赫猜想》和《生命之树常绿》之后,因写周培源的"湍流论"而要采访周校长。我住在校园,自然就当了"向导"。周先生身居高位，名满天下，却是平易得让我们忘了拘谨。我们言谈之际，他的女儿进来为我们敬茶，周先生向我们介绍说，她是某歌舞团的演员，接着他模仿女声调侃她："下一个节目……，她就是干这个的。"他幽默而忘形，引得举座皆欢。

但燕南园不单是优雅，也不单是欢愉和美丽，燕南园也有让人不忍的春秋年月。记得当年，整个校园曾陷入恐怖之中。一个深夜，著名的历史学家翦伯赞夫妇在燕南园寓所双双投环自尽。那年月，丑陋的大字报也曾糊满了优雅的庭院。那是何等惨烈的欲说还休的年代！

燕东园

燕东园在成府街。是燕南园的姊妹园，也是清雅的教授住宅区，其规格与燕南园同，也是一家一座小楼。中文系主任杨晦家在这里，冯至、魏建功的家也在这里。因为是系主任，杨晦先生的家是真的常去的。杨先生家客厅宽敞，庭院幽深，一般小型的会议为了让杨先生少走路，往往选择在杨府召开。每当此时，教授夫人姚东先生总会款款走进客厅，为我们倒茶，为花瓶插上园中新剪的鲜花，随即退出。不退出的只有杨先生的小公子杨铸，杨铸当年约三、四岁，他腻在杨先生身上，为所欲为，全然无视在场的我们。

在燕东园住着的还有冯至先生。记得是入学的第二年，我接到冯至先生的邀请，让我去他的寓所"谈谈"。冯至先生是大专家、西语系主任，我是刚入学的中文系学生，他的召唤让我很紧张。怀着惴惴不安的心情，我来到燕东园。师生二人那日的对谈，谈了什么我已忘了，大体还是与诗歌有关的吧。记得清楚的是，我当时问他，为什么人文版的《冯至诗文选集》不收"十四行集"？他对我的提问沉吟良久而报之以微笑，不答。对此我很不解，一直是个疑团。后来，也许是在他去世之后想起，才发现自己当年的无知与唐突：冯先生当时正在受批判，当然也包括了对于"十四行"的否定，对于我这样的年轻人，他又能回答什么呢！

燕东园地处东门外，离当日的主校区尚有大约一公里的距离，但依然是花木掩映中的优雅的园区。但那也只是繁华到了极限的红楼一梦。燕东园也曾有拆掉高贵的壁炉和铜门锁用以"大炼钢铁"的荒唐故事。那曾经也是糊满了大字报的疯狂所在。记得当年，偶见从花荫深处飘过来衣裙典雅的身影，总让人顿时想起"前朝故事"。

成府西餐厅

从燕东园通往教学区，必经之途是成府街。成府（查史籍，燕园东门附近有陈府，未知是否一地）应该是一个官宦人家，如今仅留此名。成府现在是一个居民区，住着海淀居民和部分北大员工家属，都是平房。成府边上有流水，似是与畅春、圆明诸园互通之水，50年代尚有沟渠在，而后则夷为平地，仅留暗沟。

50 年代的成府街相当的繁华，除了社区常有的日用百货、粮店等外，另有照相馆、理发店、成衣铺，后来办起了一家很有名的书店，另有时髦的消闲去所，也取了个时尚的名字"雕刻时光"，那是改革开放之后的事了。但我的思恋依然是在我们初入燕园时的成府街，思恋在那时流水潺潺、人影匆匆、曾经悠游的成府街。

成府街的西餐馆是当日引人瞩目的一个场所，咖啡、面包、香肠、威士忌，在当日是一个"高大上"的去所，一般学生囊中羞涩是轻易难得去的。西餐厅的主要对象还是北大的留学生。但由此也烘托出北大当时的开放气氛，它是与我们当日被提倡跳交谊舞、女同学穿裙子，以及经常举行的周末舞会等联系在一起的。

三义居

三义居是燕园东门外一家小饭馆,地处成府附近。昔日燕京校区,东门止于成府街,再出去,便是海淀乡的村庄了。三义居是小门脸,三、五张红漆餐桌,十数把靠背椅子,日常菜品,砂锅白肉、家常豆腐、爆三样、熘肝尖、氽丸子,却是地道的京城口味。钱少,当时我们只在食堂用餐,偶尔也去,但不常去。记得有一次,同学的妈妈远处来校探访,我在三义居"宴请"过,无非也是那些菜,但却是豪华得历久不忘。

仁 和

仁和在海淀街上,二层楼,门脸阔绰,颇显眼。它的左边是新华书店,右边是当年很堂皇的理发店。仁和是街上最"高档"的饭馆,日间有诸种炒菜,那时我们当学生的囊中羞涩,记忆中绝无一次问津那些炒菜的。倒是它的夜宵,馄饨、火烧、饺子,以及猪头肉就啤酒,倒是我们偶尔光顾的节目。多半是考试过了,约几位挚友放松一聚,也是很"奢侈"的举动了。仁和的正餐,我们既无印象不好妄评,但它的酒莲花白和菊花白却是远近闻名,据说是这家饭店独家酿制的。① 两种酒,冠以"莲花"、"菊花"之名,是花香酒香浑然一体,自是清雅。

北京史料记载,仁和是清代海淀镇上最著名的饭庄,有历史含蕴。这里离圆明园不过数百步之遥,王公大臣连同差役人等,朝会散场,往往到此宴饮。据说也是灯火冠盖极一时之盛。

---

① (清)吴长元辑《宸垣识略》:"正德间,朝廷开设酒馆,酒望云:本店发卖四时荷花高酒,犹南人言莲花白酒也。又有二扁:一云天下第一酒馆,一云四时应饥食店。"这里点出荷花白和莲花白,不知仁和的菊花白与此有无关系,待考。

老虎洞

老虎洞没有老虎,海淀也没有老虎,应该是"老胡同",民间喊久了,就成了"老虎洞"。从北大学生宿舍区进入海淀,老虎洞是一条短胡同,全长不过三百米,两旁有几家民居。当年我们从宿舍去海淀街,必须"穿越"老虎洞。老虎洞如今也随着岁月流逝了,现在是无影无踪,连名字也消失了。

军机处

靠近老虎洞的,还有一个军机处,也是一条短胡同。军机处原是宫廷重地,此处的军机处,当如圆明园周边的那些官所,应当是皇帝驻跸园中时的临时办公官舍,也可能是那些军机大臣朝会下班之后歇息的去处。军机处亦如老虎洞,如今堙没不可考。

农　园

农园是燕京大学农学院的实验地,我 50 年代入学时,旧日的田畦还在,还残留一些的气象设备。后来大跃进,这里就成了北大后勤的养猪场了。那时我们参加劳动,还给猪场起过粪。既然是农业实验地,说明这里的水源充足。北京话中的"海",原就是水多之处。但在我们到临时,那里已是干涸之地。

农园旧地原称洪雅园,即明米万锺的勺园,清时为郑亲王邸第。〔清〕吴长元的《宸垣识略》载:"勺园在北淀,明水曹郎米仲韶别业,又曰风烟里。中有曰色空天,曰太一叶,曰松坨,曰翠葆榭,曰林於跫。都人称曰米家园。仲韶绘园中景为灯，丘壑亭台，纤悉具备，都人又称为米家灯。"① 从这简单的叙述中依稀可见当日的繁盛。

京西海淀一带，水源充足，仅从遗留的地名如万泉庄，泉宗寺等便可知一般。史书称，旧时西直门外"高粱桥西北十里平地有泉四出，潴为小溪，凡十数处，北为北海淀，南为南海淀。北海之水来自巴沟，或云，巴沟即南海淀也。有水从青龙桥河东南流入于淀南五里为丹棱片（水），又南为陂五六，出于巴沟，达白石桥"。王士禛竹枝词："西沟桥上月初升，西沟桥下水澄澄。绮石回廊都不见，游人还问米家灯。"② 写的就是旧时丹棱片的景色。

农园现在也消失了，它的遗址盖起了宾馆，宾馆名勺园。勺园仍依旧名，但米家园的风烟里却是完完全全地散落在北大西门灯红酒绿的风烟中了。我的日本学生岛由子在我处留学时住过勺园六号楼，我们戏称"岛由子旧居"，她对勺园却始终怀着依依恋情，每年都找机会入住勺园，为的是怀旧。而在我本人，虽有旧念，却还是 50 年代盖猪圈那种残破景象。农园是彻底地消失了，唯一留下这名字的是临近东校门的餐厅：农园餐厅，是师生公用食堂而兼对外宴请的。北大百年校庆以及 55 级同学聚会，都曾在农园举行。

2017 年 12 月 31 日，作于昌平北七家岭上村

---

① 〔清〕吴长元辑《宸垣识略》，第 284 页，北京古籍出版社，1981 年 2 月。
② 同上。

《北大遗事》序

北京大学盛大的百年庆典已经落幕。回忆那些时日，数万师友自世界各处来聚燕园，共庆母校百年华诞的情景，满耳的笙歌弦诵，满目的彩幅鲜花，赏心乐事，极尽人间的欢愉。这一切当然都留在了人们的心头，成为了永远的记忆。

此刻已是曲终人散，燕园早已恢复了平日的宁静。湖畔有人倚肩漫步，林间有人细语幽幽，而更多的人则依然是步履匆匆，继续着他们青春浪漫的奔突与冲刺。北大毕竟是北大，北大原不习惯于节日庆典之类的活动，特别是当这些活动被外加上一些别的甚么的时候。北大人倒是乐于把这番庆祝当作一个反省的机会，反省这一百年北大走过的路途：历史上曾经有过怎样的辉煌，后来又有了怎样的缺失？蔡元培倡导的北大精神，有多少是真正地保留到今天，并得到发扬光大，有多少被修改，又有多少如今已经荡然无存？

一个学校犹如一个人，人的一生有许多颇堪自慰、甚至值得自豪的经历，但不会是绝对的完美。一个学校不论它曾经有怎样值得羡慕的历史，但不会没有遗憾。校庆的那些日子，我除了和老朋友欢聚之外，我把很多时间留给了这种以史为鉴的思考。

那时候，出版有关北大的书是出版界的一大热点。在众多的出版物中，有两本书尤其引起了我的注意，那就是《北大旧事》和《北大往事》。"旧事"辑录北大建校之初到抗战前的文章，而"往事"则是1977年"文革"动乱结束恢复高考、教育制度转入正规以来的文章。这些文章，提供了历史的和现实的北大的真实情状。令人感到遗憾的是，自1937年到1977年的这一段北大的历史，则未曾有专书述及。而恰恰是这四十年，是北大由"旧"而"新"，再由"新"真的变"旧"，终于噩梦结束重庆新生的大起大落的历史转折期。这段时间的北大，所经历的变故最多，经验最丰富，给人的心灵震撼也最重。要忆北大百年，不能不忆北大这四十年。要是缺了这四十年，便是不完整的北大，有空缺的北大。

这一年，胡的清从珠海应我们之邀来北大做访问学者，来北大一个学期，便赶上了这次盛典。她投入而有悟性，不仅很快适应了这里的环境，而且很快就融入了这里特有的氛围之中。北大是催人成熟的，胡的清很快也成了北大人。这样一来，如今这样一本书的构想，也就

1959年在北大校园内，左起：陈素琰、温小钰、谢冕、徐佑珠

在她的心中酝酿成熟了。

校庆期间的两本书，书名都很有深意。现在的这本书，原是为弥补遗憾而编的，书名原应与之相呼应方好。胡的清征求书名于我。我首先想到的是《北大故事》。后来发现出版物中已不约而同地用了，只好回避。北大校庆结束了，胡的清也将学成离校。但这本书的组稿工作没有中断——我们的初衷原不在热闹，我们只是想通过我们的工作为北大，也为世人留下一个绵长的记忆。事情到了七月中旬，我将有远行。在与胡的清的一次餐叙中，终于定下了如今这个名字——《北大遗事》。不是故事，不是轶事，更不是逸事，而是遗事！

"遗事"是有点苍茫的。但北大这四十年，其中隔着了40、50、60、70年代，不仅距现今的灯火楼台、繁弦急管是显得有点苍茫，而且当年那些意气风发的青春男女，如今也都走过了人生的大部分艰难路程。他们所经历的一切，即使是名满天下、功益当世，但一定也有他们的感慨和遗憾，在豪情奔涌的激流之中，也会有潜藏内心的一份悲怀吧！何况，那些逝去的年月，伴随着青春曼妙的年华的，有多少天边的阴霾和头顶的雷电！

如今，都远去了。留在这里的，是那一件件欲说还休的"北大遗事"。要是读者诸君在这些不乏激情，甚至也不乏柔情的叙说中，发现了那夹杂在字里行间的"悲凉"，也请不要感到意外，因为，那些年月毕竟是有点"苍茫"的。

1998 年 8 月 6 日于北京大学畅春园

为起草北京大学校歌致校长信

秀芹请转周其凤校长

周校长：

　　谢谢你的信任，委托我试笔起草北大校歌歌词。我深知此事意义重大，更深知此举艰难重重。博雅那天的宴请，给了我长久的不安。但是母校百年竟然没有可供传唱的校歌，作为北大的传人，总是心有深愧。为了不负你的重托，思考经月，删改无数，今天送去的，可能也只是一篇不及格的作业，但想到也许它会成了引玉之砖，私心也就得到了安慰。

　　歌词今托秀芹送上。我的用心立意，你一看就明，我不赘了。

　　那天席间你还说到北大的校训，也是至今没有（北大这学校真怪，没有校歌，没有校训，连湖也始终是"未名"）。校歌的事，你交给我了，我不做对不起你。校训你没有叫我想，本无需我用心。但事后我还是发挥了"积极性"，还是真的为此动了脑筋。我一不引经，二不据典，也不用文绉绉的古文辞，用的是"五四"提倡的大白话，就十个字：

　　　　独立的学术　　自由的思想

周校长，我以为这简单、明了的十个字，是体现了母校自蔡元培、胡适之到马寅初诸位校长一贯倡导并践行的伟大治学思想之精髓的。

我知道，我的这个提议，目前很难被采纳。但我深信，人们日后想起我的这个建议，一定会理解并同情我的。给你添乱了，请原谅！

顺致

最好的祝愿！

中文系教授　谢冕
2011 年 4 月 6 日

附　录

思想是百年的荣光
——为北京大学一百一十三周年校庆而作

绵延着千载的书香
心向着世界的远方
维新立校①
兼容万象②
百科汇聚开新潮③

---

① 北大建校于 1898 年，是戊戌维新的"硕果仅存"者。又，鲁迅说过，"北大是常为新的"。
② 蔡元培校长的治校方针是"学术自由，兼容并包"。
③ 北大是"五四"新文化运动和中国新文学运动的发源地。北大师生创办了"五四"新文化运动最重要的刊物《新青年》和《新潮》。"新运"从字面的意义讲是"新的国运"，从深层次讲，则是，北大始终站立在新思想和新文化的最前列。此处原稿为"开新运"，2011 年 4 月 26 日勺园七号楼聚会，由高秀芹改"开新潮"，特记。

辨正求真为兴邦
学术的殿堂
思想的原乡
博学、勤思、创造、理想
科学和民主
是我们永远的太阳

挽起那年轻的臂膀
肩负着明天的希望
红楼弦诵
燕园阳光
青春是永远的聚会
思想是百年的荣光
为时代前驱
作社会栋梁
自由、浪漫、明朗、健康
科学和民主
是我们永远的太阳

2011年4月7日定稿于北京大学中国诗歌研究院
  2011年4月26日再改于北京大学勺园

校训是心灵一盏灯[①]

在一个学校生活久了,有一个声音始终在耳边响着,那是慈母般的声音,是她在日夜叮嘱我们,要我们勤学上进,要我们不忘远大的理想,将来做一个于社会、于人类有用的人。这就是校训。老师的教导是有的,但老师不可能终日耳提面命。最恒久、最精括的是一个学校的校训,它是一盏长明灯。它又是一口警世钟,伴随你求学时间的日日夜夜,却是影响你的一生一世。

校训体现一个学校的精神,体现学校的办学理想。校训的概念是西方引入的,在中国近代,最早设有校训的学校大多是教会学校。上海圣约翰大学:Light and Truth(光与真理),燕京大学:Freedom Through Truth For Service(意为:"即真理,得自由,以服务")。世界名校的校训各擅其长,异彩纷呈,令人赞叹。剑桥是"此乃求知学习的理想之地";耶鲁与圣约翰相近,是"光明和真理";其中尤以哈佛最为高远豪迈,

---

[①] 本文写作时参阅并引用了2014年8月12日《光明日报》孙邦华《校训:大学的文化符号》一文相关材料,特此致谢。孙文先后列举了国内东南大学、福建协和大学、南开大学、暨南大学、西北大学、西北工业大学、河南大学、香港浸会大学、澳门大学、清华大学、东吴大学、北京师范大学、山东大学、南京大学、北京航空航天大学、中国政法大学、北京舞蹈学院等数十所大学以及部分国外大学的校训,独缺北京大学。

原文为拉丁文，大意是"与柏拉图为友，与亚里斯多德为友，更与真理为友"。

校训表达一个学校对所有学生的要求和期待，它代代相传，使理想的精神赓续久远，永无止期。我的中学也是教会学校，英国卫理公会办的，前不久重访剑桥，找到了那里的三一学院，认它为母校的姐妹校。可惜福州的三一学校留下来的只有校长万拔文亲自写的英文校歌，而没有确定的校训。至于说到我引为骄傲的母校北大，我只知道它现在的校区燕京有（见前引），遗憾的是，北大是始终阙如的。

一所特立独行的学校，一所风格鲜明的学校，一所从立校之初就负着坚定使命和旷远目标的学校，也是一所举世闻名的学校，然而，出人意想的是，它至今尚未确定自己的校训。也许是它素有的"满不在乎"在作怪，也许是由于它的自恃清高的矜持，所有的命名都无法抵达它的无以言说的高远与丰富。就这样，它就在这种举世昭昭的注视下，成为一所迄今不设校训的名校。

这所大学有悠久的历史，要是从1898算起，迄今历时一百一十余年，它是戊戌变法的产物。戊戌变法诸多改革的措施，都在那场惨烈的血洗中化为乌有，而这所学校——它体现着建立现代综合大学的宏愿——是这场流产的革命仅有的遗存。风暴和烈火中诞生的学校，它保留了近代以来中国为改变国运奋斗图强的激情和记忆。一百多年间，中国大地发生的所有重大事件，莫不都与它有关，都有它的身影，都留存着它的呼吸和体温，以及充满激情的惊世骇俗的呐喊。它本身就是一部中国近现代史的缩写：沙滩红楼，民主广场，"新青年"和"新潮"，还有陈独秀、李大钊、胡适、蔡元培和马寅初，这些人名和词组，镌刻着它的历史的辉煌。

记得季羡林先生在世时曾有言曰：北大当初的校名是京师大学堂，是国中最高学府，是"太学"，论历史应从汉代算起。季先生一番话，无意间延展了北大的千年历史。这种延展有点遥远，一时难以说清。按照鲁迅的观点,"北大是常为新的",北大是有别于旧式学堂的新学,它有新精神、新传统,因此也应当有体现新精神、新传统的新校训。遥想"五四"当年,它从遥远的西方请来了两位先生:德先生和赛先生。两位外来的先生,加上力主学术独立、兼容并包的蔡元培精神,看来,"民主、科学",应当是体现了这所大学立校之根本了,然而,北大依然没有考虑将此列为它的校训。

关于这点,几年前我与当时主政的周其凤校长曾有言及,我给他写过信,提及此事:"那天席间你还说到北大的校训,也是至今没有(北大这学校真怪,没有校歌,也没有校训,连湖也始终是未名)。校歌的事,你交给我做了,我不做对不起你。校训你没有叫我想,本无需我用心。但事后我发挥了积极性,还是真的为此动了脑筋。我一不引经,二不据典,也不用文绉绉的古文辞,用的是'五四'提倡的大白话,就十个字:独立的学术 自由的思想。"当然,我的提议也是无一例外地石沉大海,没有回响。

燕园俯瞰

沙滩红楼之后是漫长的西南联大，联大复员之后是院校调整，学校搬进了燕园。此地湖光塔影，风物绮丽，学校依然沿袭着当初办校的方针和理念，北大还是北大。这里有一方美丽的湖，此湖天下闻名，却硬是无名，人们习惯了，就这么永远地让她"未名"着。未名湖的未名，似乎感染了北大，也"启示"着北大，于是北大也就这么心安理得地永远地不设校训。记得有一个时期，有些负责人不知从何方搬来"求实"、"创新"之类的不相关的陈辞，也想借此为它立个校训。但聪明而自负的北大人冷落了它，久之，似乎，于是也忘却了它。于是，终于，北大依然没有校训。

也许这就是北大，北大的精神是难以用言词概括的，它依然崇奉着建校之后的"规矩"，按照思想自由、学术独立的精神，学习着、行动着，并且始终如一地坚持着。然而，遗憾的是，它依然拿不出属于它的、体现它的传统精神的校训！

2014年12月，岁暮，初稿，2015年1月29日改定，于北京大学

一颗热爱之心
——读王雪瑛

她走进这座校园,她感觉到了"北大之心"。她不是一般的游客或访者,我知道她的心情,她热爱这座校园。她从北大西门进入,缓步跨过那座拱桥,两棵古老的银杏迎接她,她知道,这里是冯友兰先生撰写碑文的校友碑,这里是当年马寅初校长办公的楼台。然后,她向我们介绍燕园周边那些留存或不留存的古园林:淑春园、鸣鹤园、镜春园、朗润园、勺园、治贝子园、蔚秀园、畅春园和承泽园。她如数家珍,这让我称奇,即使是长住燕园的居民,也未必全能道出这些旧园的名字。

我说的是这本散文集的作者王雪瑛,这一天她再一次拜访北大校园,为此写了这篇叫做《感觉北大之心》的文章,登在《新民晚报》上:"我走在北大的校园里,既感受到皇家园林的宏伟气度,又有江南水乡的秀丽清俊,既感受到自然怀抱的天籁气息,又有着浓郁醇厚的书香氤氲,北大既流动着百年绵延不绝的文化血脉,又绽放着当代轻舞飞扬的青春生命。"她是在借景言情,眼下看到的是这所校园的美景,而托出的却是她内心对校园精神的解读:它在中国近代史中的地位,它所贡献于国家和社会的理想和进步,此即她所概括的"文化血脉"和"青春生命"。

这还只是王雪瑛书写北大诸多文章中的一篇,她还写过北大红楼,写红楼最初的建设:1916年的春天,这里还是一块正在建设的工地,周围是漫漫尘土,而在蔡元培先生那里却是另一番景象,他心中正在升起一场崭新的教育革命的蓝图,写他的"循思想自由原则,取兼容并包之义"。这就是散文作者所要表达的主旨。她是要借外在的景物(红楼建设),写心中的情思(北大精神)。对蔡元培和北大,她有一个更大的概括:"一所大学和一个时代":是变革的时代促生了这所大学,是这所大学促进了时代的进步。她指出,蔡先生那一代人"启发的是青年,培养的是青年,他们相信青年是社会进步的中坚"。

王雪瑛写这些,不是浮泛的和即兴的,她下了真功夫。除了脚踏实地的"走访"(甚至是一访再访),她相当重视案头的准备工作,阅读史料,积累素材。这就不意间展现了她作为学者的职业的专擅,在抒情的文字里融汇了治学的"暗功"。如前面说到的红楼,她从红楼的建设起始,一路写来,讲它一万平米的建筑面积,讲完工后楼内的布局:地下半层是学校的印刷厂,一层是图书馆,设编目室、登录室、日报资料收采室等共十四间,楼内二层是学校的行政办公室,文学院和法学院,八个系的系主任在此办公,三四层则是教室。凡此等等,夹叙夹议,且走且停,文字优美,理性中颇显抒情的才智。看这段文字:

> 春水清亮如镜,华表伫立无语,默默地见证着百年的烟云,百年的思绪,那思绪在历史的烟云中穿越,时而激荡冲击着年轻人的心潮,时而平缓沉淀着时光的陶冶。走过北大办公楼,我走向一条铺满落叶的小路,感觉自己是在走过岁月的曲折和蜿蜒,穿过历史的峰峦和烟云,不断地走近他。沉静,岁月淘洗后的沉静,坚实,历史大潮冲刷后的坚实。
>
> (《一所大学与一个时代》)

原北大校园全景

　　既沉静，又坚实，还隐含着激情，作者的心情如他的行文。《倾听思想的花开》不是我们常见的那种散篇的汇集，它更像是一项有预设的写作。她把笔墨相对集中于学府与学人的感受与评说。除了北大，还有清华，除了国内名校，还有哈佛，还有耶鲁。她写了蔡元培，写了梅贻琦，还有马寅初、周培源、冯友兰，还有燕南园往事。这还只是开始，还不止笔，又是"依恋超越时空的校园"，又是"现代化进程的延长线"。落笔就收不住，她兴味正浓，笔下思绪万千：这里是哈佛视线，耶鲁风光，这里是赵如兰，兰气息，玉精神。继续延展开去，由校园而及于校园中人，都是文化名人，真的是：气象万千，风云跌宕，胡适与韦莲司，杜拉斯与雅恩，张爱玲与胡兰成，恩恩怨怨，缠缠绵绵，冰雪红尘，人生得失，风云满纸。最后来到瓦尔登湖，她诗人般地在湖畔凝思——

瓦尔登湖畔的小木屋，犹如人类文明星空中的一颗星星，他游走在时光的隧道中，也闪耀在我们的眼前。我疑惑，我们不会忘记靠近自然的神奇，不再用双手毁坏自然秒绵延不断的生态吗？然而越来越多的新闻常常让这个疑问令人忧心地延长。我的耳边仿佛听到了瓦尔登湖盘的小木屋传来的低语：Simplify，Simplify，简单生活。

　　一颗热爱之心在那里跳动，在北大，在清华，在哈佛，在耶鲁，她向我们展示了中国百年的，以及与此相关的世界文化的宏伟画图，在这些画图中，她倾注了她的挚爱，如同我的这篇文字的开头提及的，他在这些画面中沉思和感受的热爱之心。王雪瑛的文字是独特的，坚韧，睿智，而且很大气，她的文字中几乎找不到女性作家常有的柔婉，有时还不免沉重。她注重写景，却不停留于一般的写景，他的温暖的文字中保留了思想的尖刺，沉淀着她的深沉的思考，她的天空是自由而辽阔的，她注重思想的表达和展开。她自言："文学是内在于我的生命的，而不是外在于我的生命的一种形式"，"写作，最大的快感是倾听思想的花开"。

　　王雪瑛是钱谷融先生的女弟子，而我的中学老师余钟藩先生则是钱先生中央大学国文系的同窗。这样一来，我和王雪瑛就有了类似"亲缘"的关联了。也许王雪瑛觉察到了我们之间的这种隐秘的联系，这次她出书，除了恭请钱先生为她作序之外，也一直等着我为此写上几句。感于她的盛情，特别感于她为我的母校北大写了那么多的热情的文字，对于她"布置"的年终"作业"，我是万万不能偷懒的了。时届岁暮，北国风寒，我愿借此向她，并请她向我景仰的钱谷融先生致以2017年新年之贺。

2016年12月31日于北京大学采薇阁

采薇阁记

采薇阁在朗润园。从博雅塔沿未名湖东岸北行,约千步,入朗润园,过石桥,有月亮门迎面而立,便是采薇阁了。这是北大为中国诗歌研究院新建的仿古建筑,采薇之名是我建议的。中国诗歌的源头是诗经。采薇者,诗经小雅之名篇也。以中国万诗之源的名篇为研究院定名,立意秀雅沉潜,近于实。"采薇采薇,薇亦作止。曰归曰归,岁亦莫止。"这首源于民间的远古咏叹,表达了劳卒戍边的苦情,应该说,是符合传统诗教"兴观群怨"的原旨的。况且它有那么动人美妙诗句,历数千载而传诵至今:"昔我往兮,杨柳依依。今我来思,雨雪霏霏。行道迟迟,载渴载饥。我心伤悲,莫知我哀!"采薇之声传递的是歌者旷古的悲悯情怀,以此名楼,让人勿忘世上万千劳苦众生,彪炳的原是诗歌之大义。

采薇见诸典籍,比诗经还要早的,是沈德潜《古诗源》收录之上古的《采薇歌》:"登彼西山兮,采其薇矣。以暴易暴兮,不知其非矣。神农虞夏,忽焉没兮,吾适安归矣。吁嗟徂兮,命之衰矣!"这一曲采薇歌,见于《史记》的《伯夷列传》。诗背后有一段动人的故事:"武王已平殷乱,天下宗周,伯夷叔齐耻之,义不食周粟。采薇首阳山,饿且死,作歌。"我们可以不论殷周,也不问成败,单就它所崇尚的精神气节而言，也对我们的诗歌理念有很多的启示。诗缘情，诗言志，一个情字，一个志字，情到深处，志之所之，谓之诗，便可做出惊天动地的诗章来。

朗润园是今日燕园的后园，在鸣鹤、镜春两园之北，万泉河流经其南，它曾是圆明园的附园。旧时皇帝驻跸圆明园避喧理政，王公大臣为了朝觐方便，多在附近治府邸，朗润园周边有很多他们的别业。这院子原名春和园，先后是庆亲王永璘和恭亲王奕䜣的赐园。园中涵碧亭仍在，题额便是奕䜣亲笔所书。以是之故，它有过长时间的繁华。此园曲水蜿蜒，周遭树木葳蕤，有山夹岸绵延，风景绝佳。园的主体是一座岛屿，四面环水，遥望若碧玉浮于春江，清朗圆润。每当仲夏，菡苕映日，荷香袭衣，令人若置身江南锦绣。古人有句："更喜高楼明月夜，悠然把酒对西山"①，便是此地情趣。采薇阁选择的，正是此种充盈着诗情画意的佳丽之地。

北大中国诗歌研究院成立之后，我们便开始了院址的寻觅和选择。诗人骆英，校长周其凤都是热心的探路者。随后，校长批地，诗人筹资，多方配合，美轮美奂，遂成佳构。这园林的山崖上镌有季羡林先生手书"朗润园"三字。季先生的故居便在湖的北岸，与采薇阁隔水相望，是一座岛中岛，孙楷第先生之故宅在焉。沿湖自北而东，那里的一排公寓房汇聚了少说也近一半的燕园精英。这园子历史上曾是贵族和诗人的府邸，此后更住进了北京大学的几代学人，他们为京都三山五园的丰盈华丽，更注进了中华千年文脉的精魂，这是北大的骄傲，也是名园的骄傲。

采薇阁创意之初，诗人骆英便与我们相约，静待采薇阁成，拣一个春和日丽之晨，或是秋高月圆之夕，携三五好友，邀诗界嘉朋，或

---

① 〔明〕米万钟《勺园》："幽居卜筑藕花间，半掩柴扉日日闲。新竹移来宜作径，长松老去好成关。绕堤尽是苍烟护，旁舍却将碧水环。更喜高楼明月夜，悠然把酒对西山。"

采薇阁

把酒临风，或绰约花丛，或清茶香盈，或咖啡情浓，假倩楼之几席，举吟风弄月之雅集，浅斟低吟，觥筹交加，短歌长啸，纵横诗坛，不知月淡星稀，无辨晨曦晓雾，此亦人生之大乐也。秀阁耸峙，庭花有待。院门长启，以俟时贤。

    2014年2月14日，农历甲午元宵，西俗情人节，
        于北京大学中国诗歌研究院

附 录

采薇阁记（文言稿）

采薇阁者，朗润园一新景也。燕园后山诸胜，朗润尤佳。万泉河于南入园，一水环岛，如碧玉之浮春江，风景绝胜。朗润原名春和，清季先后为庆亲王永璘及恭亲王奕䜣赐园。山间有方亭一，奕䜣题额"涵碧"在焉。自博雅塔沿未名湖东岸北行，约千步，折西向，即为朗润。迎面石制拱门，镌"断桥残雪"四字。断桥者，小石桥也，其镌刻之拱门疑为圆明园旧物。过桥为月亮门，画栋雕梁，游廊窗棂，金碧灿烂，此为采薇阁也。

采薇寓意者何？诗小雅有采薇之嗟叹：依依杨柳，霏霏雨雪，戍卒思归，忧心孔疾，感时艰也；伯夷传有西山之悲鸣：天下宗周，耻食其粟，以暴易暴，吾将何适，彰节烈也。中国诗歌研究院建立之初，即有筹资建阁之议，诗人骆英，校长周其凤，黾勉同心，力促其成，诚感人也！楼阁将成，索名于余，余曰：诗者，志之所之也，情之所至也，采薇之名甚切，既发乎情，又归于志，诗之大义存焉。

采薇阁笮于园之西隅，三面临水，杨柳拂面，荷香袭衣，花朝月夕，把酒临风，如入梦境。登阁临轩，西山烟云，玉泉塔影，尽收眼底，诗酒酣畅，翩然入梦，诚人生之大乐也。秀阁笮峙，庭花有待，院门长启，以俟时贤。

2014.2.14　甲午元宵　西俗情人节　于北京大学

采薇阁的第一位客人[①]

　　这所房子刚刚修好,就迎接了第一位尊贵的客人。他来自遥远的法国,来自开满鲜花的塞纳河畔,他带来了诗歌的问候和祝福。这位客人是安德烈·维尔泰。我和维尔泰今年五月曾经见过面,是在北京西北郊为纪念曾经在那里写诗的一位法国青年而修的一座亭子前,亭子匾额的那几个汉字是我写的,我不是书法家,字不好,但却饱含着内心的崇敬,这位在这里获得灵感的诗人,后来终于获得了世界文学的最高荣誉——诺贝尔文学奖,他就是圣琼·佩斯。

　　现在让我们回到说话的现场。按照中国的习惯,刚刚修好的房子,第一次迎接的,一定是十分特殊的,一定是这个家庭特别亲近的人。今天,采薇阁装饰一新,迎接了同样来自法国的诗人——安德烈·维尔泰,法国当代杰出的诗人。我们知道佩斯写过《远征》(《阿纳巴斯》),今天,维尔泰仿佛是要与这位前辈隔空唱和,他写了《远航》。我不懂法文,请大家原谅我非常可能的误读,在我的母语里,"远征"和"远航"表达的几乎是同一个意思,即,向着远方出发。

[①] 北京大学中国诗歌研究院的院址在朗润园,定名为采薇阁。2014 年 11 月 4 日,首次启用。在此举行"从维尔泰到圣琼·佩斯"的诗歌对话会,本文是对话的致辞。

谢冕在采薇阁开园仪式上致辞

在两位法国诗人的彼此呼应中,我读到了一种一以贯之的、伟大的诗歌精神,那就是相信前方的道路,相信未来的希望。相关的文献介绍说,圣琼·佩斯的诗,"既有史诗的宏伟气势,又有优美的想象力,让人去联想浩如云烟的往事,赞美大自然的伟大力量。"而维尔泰的诗,则"致力于让诗歌发出强有力的声音,雄辩,激越,奔涌着丰沛的激情。"

  所有跋涉的路途,所有的远征,都被时间抹去痕迹,没有放弃,诗人即使刀架脖颈也要坚持自己的节奏和旋律;没有放弃,流放者延长他的流放,没有放弃。

这就是他的永远的主题:坚持,永不放弃远方的目标。这就是从圣琼·佩斯到安德烈·维尔泰坚持的伟大的法国诗歌精神。感谢维尔泰,感谢你用优美有力的诗句安慰并祝福我们。

2014 年 11 月 4 日于采薇阁

采薇阁迎春小引

亲爱的朋友,欢迎你们前来朗润园作客。你们现在所在的这个园子,在清代属于一些王公贵族的府邸,那时皇帝喜欢在圆明园避喧理政,这里离圆明园只有一墙之隔,王公们在这里置业,也许是为了进宫朝觐的方便。燕京和北大在此建园之后,这里便集聚了一批声名远播的教授学者。我们院子的北面墙外,隔河就是季羡林先生的家。出院往西,河中一小岛,住着孙楷第先生。从孙先生小岛过桥,是美国温德先生的三间小屋,温先生在园中种满鲜花。金克木、吴组缃、季镇淮、汤一介诸位先生都是我们永远的邻居。出月亮门向南,过断桥

春到未名湖

残雪小桥，不过十几步，进了镜春园，门前有一对石狮子的，便到了王瑶先生的家了。

  北京大学诗歌研究院和新诗研究所把自己的院子建在这里，是因为这里风水好，是为了可以时刻亲近前辈诗人、学者的气息和体温。我们把院子取名为采薇阁，是想借采薇的诗意以彰显中国传统的诗歌理想，旨在发扬诗歌的伟大精神和博大情怀。诗歌传达人类的美好情感，诗歌体现同情、友爱和善良，诗歌是我们共同的梦想。我毫不怀疑，朋友们是为着这个共同的梦想来这里相聚的。

  我们去年就开始筹划这个春天的聚会。选择今天，是为了燕园的花季。我们当时设想，大家进入燕园，满园的鲜花都在一时间开放迎接大家。没想到的是，春天比我们心急。客人没到，它就把该开的花（唯有槐花多情，她在静心地等待你们）都开遍了！今天留给诸位的是环岛的一湾浅水，还有燕园无边的绿意。好在不仅是鲜艳的花朵，还有如今变得非常珍贵的阳光，以及让人耀眼的绿，都是属于诗歌的——也许大家已经注意到，我们的采薇阁纪念册和这次聚会的邀请函，都特意选用了充满诗意的浅浅的绿色。这是绿色的春天在向你们祝福。

2015 年 4 月 26 日于朗润园采薇阁

诗歌的北大[1]

今天我们的聚会是诗歌的聚会,北大校园因诸位的到来而充满诗歌的芳香。我们与诗结缘,是由于诗歌是文学中的精华和瑰宝,是由于它诗性地体现一个民族的心灵世界,体现这个世界的全部丰富和高雅。我们深知,诗歌不能在一个民族文化的革新与建设中缺席。它不仅是作为一种文学样式,也不仅是作为一门学问,更是作为一种精神而温润着、滋养着,并且默默地影响着一个社会、一个民族,以至一座校园。北大是诗歌的,诗与北大同在。

从北大建校之初到现在,诗歌伴随了这个学校所有的岁月。我看北大校史,单以1922年为例,当年的应聘教授名单中有这样的记载:周作人先生是欧洲文学史和外国文学书选读,钱玄同先生是文字学音韵甲和文字学音韵乙,吴梅先生是中国古声律、戏曲及戏曲史,吴虞先生是诗词史、中国诗文名著选,萧友梅先生是普通音理及和声学,黄节先生的讲题只有一个字:"诗"。由此可见当年北大对于中外诗歌的重视,它没有时下那样对诗歌有意无意的冷落甚而轻慢。有趣的是,在这份名单的后面,有当年应聘为讲师的、我们大家都熟悉的周豫才

---

[1] 2010年9月12日北京大学中国诗歌研究院成立庆典,此为作者在开幕式上的致辞。

即鲁迅先生，他的讲题是小说史。从上面的介绍可以看出，那时的北大，几乎所有的教授的讲题无不与中国和外国的诗歌有关，而单单把小说的讲授留给了一位讲师。①

到了1931年，应聘的教授名录有：马裕藻、刘复、黄节、林损、许之衡、郑奠、俞平伯、沈尹默、沈兼士、钱玄同和陈垣。从这名单可以发现，在教授的阵容中依然着重于诗的研究，而且很多的研究者本身就是诗人，其中有的已经是当年新诗运动的先锋。由此联想到北大师生在创造和建设中国新诗过程中的贡献，那时他们以《新青年》和《新潮》为基地，倡导新诗革命，表现出极大的锐气和智慧。胡适先生和陈独秀先生是此中最英勇的领袖人物。北大师生以新诗人的身份，以前行者的姿态，出现在中国新诗发展的每一个关键时刻。北大于是被称为是新诗的摇篮和故乡。这些事实都验证着北大与中国诗歌的亲缘关系。

我来北大的时间很晚，就我个人的经历而言，也曾亲自领略过，并且沐浴着北大给予的诗歌的熏陶与洗礼。记得是半个多世纪前，游国恩先生亲自给我们讲授《诗经》和楚辞，他指定我们要熟读《诗经》风、雅、颂中的至少八十首。包括题解和注释在内的讲义是游先生自己做的。他还逐字逐句地为我们讲解《离骚》。在北大五年的本科学习，诗是最主要的内容。朱光潜先生和宗白华先生给我们诗歌美学最初的启蒙，王力先生的《汉语诗律学》、魏建功先生的《汉语音韵学》、林庚先生的唐诗和李白、王瑶先生的陶渊明、陈贻焮先生的杜甫，都是滋养我们成长的宝贵的诗歌营养。《全汉赋》以及《全宋诗》的整理、注释和出版，也都凝聚着北大师生的劳绩。

我们非常幸运，我们那时和健在的大师们共同呼吸和沐浴着燕园

---

① 关于鲁迅先生的这段话，得到陈平原先生的订正。他在给我的电邮中说："周树人被聘为讲师而不是教授，那是因为，他是教育部官员，在北大教书属于兼职，按规定，凡兼职一律称讲师，如清华教授陈寅恪在北大上课，也称讲师。"

的阳光和空气，感受着他们诗意的人生和诗意的工作。北大校园当年真可说是大师云集，不仅集合了代表时代高度的诗人和诗歌研究者，而且还有阵容强大的诗歌翻译家的队伍：冯至先生、吴达元先生、闻家驷先生、盛澄华先生、田德望先生、温德先生、曹靖华先生、季羡林先生、金克木先生、陈占元先生、赵萝蕤先生……从《神曲》到《荒原》，世界诗歌的重要典籍，无不凝聚着北大教授的心血。他们是翻译家，有的本身就是诗人。

燕园为我们提供了一片丰裕的生长诗歌的沃土，一片无比广阔的诗神飞翔的天空。为延续和光大北大前辈的诗歌理想，成了我们后辈学人铭记在心的责任和愿望，这就是二十多年前我们在中国语言文学研究所建立诗歌研究中心、七年前我们在北大正式成立中国新诗研究所，和今天在研究所的基础上，携手北大古代诗歌研究中心等机构建立中国诗歌研究院的历史动因。我们的工作得到北大校方的热情支持，

北京大学中国诗歌研究院成立大会

学校相关部门以异乎寻常的速度批准了我们的申请；我们的工作，更得到校友骆英先生的全力支持。骆英先生是诗人，他是第一个登上世界最高峰珠穆朗玛峰、并且在珠峰顶上朗诵诗歌的中国诗人。骆英先生事业有成，不忘母校和诗歌，他不仅在物质上，更以他非凡的毅力和睿智在精神上支持了诗歌。

中国新诗研究所主持的十卷本《中国新诗总系》即将出版，三十卷本《中国新诗资料汇编》的工作亦已启动，《新诗评论》已出到十二期，新诗研究丛书已出版二十一种。新成立的中国诗歌研究院将在已经开展的工作基础上，依托北大的多学科、多语种和人才密集的学术优势，全面地开展中外古今的诗歌研究、诗歌批评和诗歌史的写作；致力于诗歌资料的整理和传播；并将有力地介入诗歌的创作、推广和出版；有效地加强国外优秀诗歌的译介和推广，加强诗歌的国际交流。我们期待着以诗歌在中国的发展繁荣，最终促进中国文化的新的发展繁荣。

感谢诸位在新学年开始的繁忙中来到北大，你们的到来是对我们的有力鞭策和鼓励。在今后的岁月中我们希望得到你们更多的支持和帮助。

谢谢！

2010 年 9 月 12 日于北京大学

这里是新诗的故乡

这是一座诗的校园,诗歌的花在这里盛开。季节在转换,人在更迭,冬去春来,一代又一代,诗歌的花总在默默地、认真地开,鲜丽,而且热烈。先前,在红楼的花坛和人行道旁,也在汉花园宁静的院落中;后来,当校园迁徙到遥远的春城,诗歌的花依然盛开在翠湖边。随着时光的推移,在勺园、在朗润园,也在燕园的垂柳依依的湖滨,依然延续着诗歌的花事,每时每地,开得灿烂,也开得浪漫!

这里从来是诗的国土。古典诗歌和外国诗歌,在这里星月交辉,从来都不乏知音和吟者,这些来自故国和异邦的诗的精灵,在这里繁衍了鲜艳的诗之花。现在要说的是有别于前二者的新诗,一种适应着时代呼唤的新型的诗。胡适先生是"尝试"新诗的第一人。一个夜晚,月光透过窗帘,洒了满地。先生立于窗前,他感恩似地低语:"多谢你殷勤好月,提起我过来哀怨,过来情思。我就千思万想,直到月落天明,也甘心情愿!"[①] 沈尹默先生好像是受到了感染,他吟的也是月夜情怀:"霜风呼呼的吹着,月光明明的照着。我和一株顶高的树并排立着,却没有靠着。"[②]

[①] 胡适:《四月二十五夜》。
[②] 沈尹默:《月夜》。

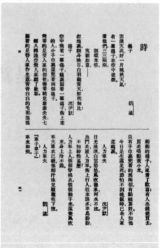

《新青年》第4卷第1号,刊出胡适《鸽子》、沈尹默《人力车夫》、刘半农《相隔一层纸》等诗9首

　　白话写诗,对于那些习惯了文言写诗的人,不免显得有点生,有点涩,有点"乏味",但用的是全新的语言,却是全新的感受,全新的气象。有人开了风气之先,就有人接着做推动风气的事。北大的人,就这样破天荒地开启了新诗的闸门。教授们和学生们好像是飙着劲儿,开展着新诗的赛事:先生们办了《新青年》,首先发难登了新诗;学生们不甘落后,也办起了《新潮》,也大量地刊登新诗。《新青年》也好,《新潮》也好,都是新思想、新文学,也都是新诗的园地。

　　北大是属于诗的,从这里走来了一代又一代的新诗人,他们走来了,又走远了,留下了诗的神采和芬芳。这些北大诗人,他们的名字组成了一长串明亮的星辰。他们几乎涵盖了一部中国新诗史。很难设想,要是抽去了北大以及与北大有关的那些诗人,一部中国新诗的历史是否还能成立?正是因此,林庚先生才把北大比喻为新诗的摇篮——摇篮旁的母亲的心。①

北大从来也不曾辜负诗歌的抚慰和托付,不管是风霜雨雪,还是月夕花朝,这里的诗之花依然灿烂地蓓蕾着、绽放着时代的芳香和美丽。从周作人到康白情,从徐志摩到冯至,从废名到汉园三诗人。这个诗歌原野散发的芬芳感染了所有的人,连一贯尖锐凝重的鲁迅也写诗,从旧体诗到新诗,再到《野草》,从而使他的作品融进了诗的柔情,连专擅小说的沈从文也把诗带进了他的湘西风情,使他的作品充满了田园牧歌的情调。

在中国诗歌复兴的 20 世纪 80 年代,北大师生也始终站在引领新诗潮崛起的前列,一直到"面朝大海,春暖花开"。这一路诗歌行进的鲜明足迹,一直激励着世代的北大人,他们与中国诗歌共命运。正是因此,作为这一光辉事业的后续者,他们不论是曾为诗人,还是曾为研究者,从来没有忘记这一庄严的使命。

今天这里奉献给诸位的诗歌的小册子,原是为印证这一切而印制的。它不仅是一个总结,一种纪念,我们希望它还是诗歌原野的向导和馈赠,而且更是一种答谢和感恩。有幸得到它的人们,要是因而拥有了关于诗歌与北大历史渊源的一点认识,对于我们这些编者而言,那就是一个莫大的欣慰。

2011 年 10 月 7 日于北京大学中国新诗研究所

---

① 林庚:《红楼》:"红楼你响过五四的钟声/你啊是新诗摇篮旁的心/为什么今天不放声歌唱/让青年越过越年青"。这是林庚为北大学生刊物《红楼》创刊所写的诗。

北大中文系的传统

京师大学堂的成立到现在已是一百一十多年，而中文系的历史则是一百年。京师大学堂酝酿期间，原议设道、政、农、工、商等十科，因为戊戌变法的失败，实际只办了诗、书、易、礼四堂，以及春秋两堂，而且每堂不过十余人。当时的学校规模不大，更重要的是，它的性质仍和旧时的书院无异，毕业生仍授贡生、举人、进士等头衔。基本上是换汤不换药的。直至1910年实行改制，始设经、法、文、格致、农、工、商等七科，才有了新式大学的雏形。现在的北大中文系就是这次改革的产物。

北大是包罗万象的，中文系也如此。并包而兼容，驳杂而丰富，不歧视，不排他，让诸种学说在这里平等地对话、自由地竞争，形成一种百家争鸣、共同发展的生动局面。这就是北大，也是北大中文系的特点。这特点的形成，有赖于北大的历任校长，特别是蔡元培校长的鼎力倡导。就中文系而言，它在历史发展的每一个阶段，都注意吸收新派和旧派的各式学者加盟中文系的建设。各种学术主张的学者集中在一个系，在比较、对峙、驳难、交融的热烈氛围中，造就了中文系历久不衰的学术优势。在庆祝系庆一百周年的时候，我们当然不会忘记并决心保持和光大这一珍贵的历史遗产。

北大中文系有自己的学术传统。就研究领域而言，它是古今并重，中西交汇的；就学术风气而言，它是既注重考据实证，又注重发明创新的。中文系有严谨求实的传统，更有鼓吹新学，站立在学术的前沿引领新潮、开风气之先的传统。

早在"五四"时期，以当日一批国学教授为中坚的北大学者，在这个反对旧文化、提倡新文化，反对旧文学、提倡新文学的伟大运动中，起了极其重要的作用。1918年1月北大的六位教授陈独秀、胡适、钱玄同、沈尹默、李大钊、刘复就接办了创刊于1915年的《青年杂志》并更名为《新青年》。从那时开始，《新青年》就成为倡导并推动新文化运动的重要阵地。紧接着，1918年冬，陈独秀等又办了《每周评论》。北大学生傅斯年、罗家伦、汪敬熙等创办了《新潮》月刊。上述这些刊物，是当日中国新文化运动的旗帜。

北大中文系从它建系之日起，就把目光投向了中国学术、文化和文学的实际——这包括学术研究、典籍整理、理论建设以及文学创作等方面。当日北大师生的学术视野，甚至延展到范围广阔的语言文字和民俗文化的领域，如文字的拉丁化以及民间歌谣、故事和谜语的研究等。他们对中国文化的关怀可说是全方位的覆盖。这种关怀不仅表示北大师生的胸襟，而且表示他们作为新型学者的品质。

中文系是做学问的地方。做学问当然来不得虚假和轻浮，不仅要求深，而且要求实。但却也不是埋头书本，囿于自以为高深、实际上是狭小的天地。说到学术本身，研究工作的深广及其取得创造性的成果，也并不意味着它必然与现实的理论批评以及创作实践的脱节。毫无疑问，今天我们在纪念中文系百年系庆的时候，理应发扬光大中文系师生严谨求实的学风，创造求新的学风，而且更要发扬光大这种对于中国学术文化现实的专注和投入的精神。

2010年10月15日于北大中文系

关于鲤鱼洲诗的信

平原兄：

多谢你为《鲤鱼洲纪事》向我约稿，更谢你"越多越好"的宽容。关于鲤鱼洲，当年一起劳动的同事已写了许多。我瞎忙，抽不出时间写新的，因此才想起那些特殊年代公开的和不公开的写作（主要是诗歌）。你说，旧的也行。我这才翻出那时的"秘籍"。先找出"公开"的，其中有一首当年"很有名的"、曾在全农场的大会上朗诵过的诗：《扁担谣》。

一看，才知事情并不如你我想象的那么简单。我发现即使是这一首内容很"革命"的诗，如今的人们读起来也会感到"不知所云"的惊诧——不加注释可能会有很大的阅读障碍。而做起"注释"来，一首尚可，"越多越好"的工作量就很惊人。看来实现"越多越好"的承诺，是有相当的难度了。今天送去的只有《扁担谣》一首（至于其他，看情况吧！）。

现在要介绍的是这首诗的有关背景。《扁担谣》的写作距今至少已是四十年前。诗是写井冈山的，怎么会是"鲤鱼洲写作"？现在的人可能茫然。那年我们集体"下放"进入鲤鱼洲，干校经过一段时间的建设，生活、生产已初见端倪。就是说，住人的茅屋已盖好，道路已修通（当然是泥路），农田灌溉系统亦已完成。这时，那些人忽然想起我们是学校，应该搞些学校的事了。干校的事，是"劳动改造"，俗称"劳改"；学校的事，就是"教育改革"，简称"教改"。这里说的"学校的事"，即指"教改"。那时的领导英明，竟然会想到我们除了"劳改"，还应当有"教改"。

农场场部决定派出一支教改小分队，为北大农场试办教育探路。以当时能有的思路，只能是在思想改造的前提下，"走革命化的道路"这一端。于是，当年的井冈山根据地就成了小分队定点的首选——根据地不仅有利于贫下中农的再教育，而且有利于革命传统的再教育。这就是为什么"鲤鱼洲"会扯上"井冈山"以及"扁担谣"的原因。

小分队的成员由中文系、俄语系、东语系、图书馆系和校医院等单位抽人组成，由我和向景洁负责。向景洁"文革"前担任中文系副系主任，"文革"中受到批判，靠边站了。大概是因为他对办学有经验，

干校时期鲤鱼洲教改小分队，中文系与俄语系、图书馆系一起。左二为谢冕

这次让他出马。而我本人在校时就曾"涉案""反革命小集团",此时又"涉案""516",日夜受到轮番的"批斗揭发"尚未脱身,也以戴罪之身获此恩荣。至于小分队的其他成员,中文系的冯钟芸、贾彦德和石新春,俄语系的龚人放、董青子,东语系的黄秉美,图书馆系的李严等,他们的处境和心情,也好不了多少,大家都是受了惊吓后的战战兢兢。

这样的背景,这样的组成,加上身边还有工宣队的师傅负责监督和把关,我们当然是小心翼翼,如履薄冰。一行人身背背包,就这样走上了通往井冈山的"征途"。进山的第一站就是拿山。拿山的地名出现在著名的歌曲《十送红军》中,唱词中当年红军撤离井冈山,在拿山有一个动人的送别场面。我的《扁担谣》首句"流水不断忆拿山",指的就是此地。《扁担谣》中的那根扁担是真实的,我将它从拿山带到井冈山,带到鲤鱼洲,再从鲤鱼洲带回北京,一直十分珍惜。至于情感,那就复杂了,有真实的成分,又有夸张的成分,甚至也有"表现"的成分。

总之是真真假假,有真有假,也难排斥弄假成真的成分。这种情感对今天的人们来说是不可理喻的,而对生活在当年的人们来说,却是不难理解的。当年我是怀着自我批判的和自我改造的热情写作的。因为这是我"非秘密"写作的作品,当然自认为是"真实"的和"正确"的,也是可以公开的。写出后在小分队成员中传阅,得到认同。回农场后被当作是思想业务双丰收的成果,被安排在全农场的大会上朗诵,那时被认为是一种"殊荣"。

后来我十分厌恶自己的这种"虚假"的写作和这种的"被安排"的"讲用"。有一段时间我羞于提及此事。记得回京后,当日同行的龚人放先生(龚先生是小分队中最年长的,当时"破四旧",我们都是直呼其名。此处按今例,称"先生")回京后曾指定此诗索墨于我,我以"字太臭"婉辞了,其实就是上述的原因。

到了近年,看法始有改变,认为从置身于当时的情景看,我的这种包含了真情的"虚假"、被压抑的宣泄，以及今天我的这种"羞于见人"的对自己的"厌恶"，是最真实的。要是再加上我的那些不准备发表的、写在小本子上的"私密写作"，两相比照，那就是对于像我这样的当代知识分子内心复杂性的极好注释了。

话说多了，反而说不清了，打住吧！《扁担谣》全文如次，一字不改。

谢冕　2011年5月20日，于北京昌平

附　录

扁担谣

流水不断忆拿山
最忆离别那夜晚
乡亲们围坐火塘前
火塘前，话多嫌夜短
井冈儿女情意长
送我一根竹扁担

这根竹扁担
来自荆竹山
革命山上革命竹
雷打石边把家安
四十年前颁纪律
毛委员讲话石上站

为修公路上高山
削根扁担留纪念
革命人用的好扁担
这礼物,重千斤,受之有愧心难安

难忘这扁担
它是好教员
一堂扁担课
胜似寒窗二十年
它带我,重担跨越独木桥
它带我,砍柴割茅悬崖边
桥窄河水急
山路陡且险
乡亲们健步快如飞
我挑担子汗涟涟
这根扁担是根尺啊
量出差距千里远

想从前,在燕园
高楼之上看月圆
楼前未名水半勺
楼后玉泉山一弯
一盏孤灯孤单影
半杯苦茶苦愁颜
不想工农兵
名利苦攀沿
工农养我如父母

我却不会用扁担

想想后,想想前
二十一年事重现
那时节,我身背步枪闹土改
闽北山村歌连天
用扁担,挑谷送进翻身屋
用扁担,挑出地契烧红半边天
那是用的是扁担
心和乡亲紧相连
后来忘了那扁担
我与工农隔天边

又亲切,又陌生
似曾相识这扁担
扁担啊,与你阔别二十载
如今重逢在拿山

井冈儿女赠的好礼物
它是路标,箭头指向前
毛委员挑粮黄洋界
百万工农跟后边
我今接过这扁担
沿着红军路,不畏苦和难
挑回那红米南瓜革命好传统
定把那血汗洒在斗争最前沿
井冈儿女赠的好礼物

它是梭标，红红缨喷火焰
工农暴动火熊熊
号召我舍生忘死去奋战
我挥舞扁担战田间
唤回了革命青春留身边
我肩挑扁担走万里
要把那罪恶的旧世界全打翻

流水不断忆拿山
最忆离别那夜晚
星满天
月如镰
村头流水过浅滩
井岗儿女情意长
临别送我竹扁担
我今一曲扁担谣
唱不尽革命山上革命人、革命情意深如海洋重如山

1970年2月5日旧历年夜，茨坪
1970年5月7日重改，鲤鱼洲
1971年10月24日再改，北京朗润园

（注：诗中出现的"荆竹山"、"雷打石"、"颁纪律"、"毛委员挑粮黄洋界"等，都是实有的地名和当日耳熟能详的革命史实。作者附记，2011年5月23日。）

怡园夜宴记
——我在北大与叶甫图申科的会见

叶甫图申科到达北京的时候，是我年轻的同事和俄国使馆的安娜去机场迎接他的。当晚，我们在北大的怡园举行宴会为他洗尘。陪同他的有他的妻子玛莎。我们准备了红葡萄酒，叶举杯闻了，很肯定地说，好酒，可评80分。看来他对红酒颇为内行。一到场就评酒，说明他随和、兴致高。那天他穿了厚尼格子上装，粉色的领带，衬衣也是鲜艳的颜色。他有点清癯，但思维敏捷，语速很快，除了腿脚有些不便，整体看来是健康的。这些年，我们一直在寻找他，听说他长住美国，有时回俄国，找他很不容易。他的到来给我们带来喜悦。

尽管我大学学过俄语，但长久不用，包括字母在内，全忘了。幸亏有安娜，还有一位俄文很棒的刘文飞教授在场，我们的交流完全没有障碍。我告诉叶甫图申科，他在苏联获得很大的诗名时，我还是大学刚刚毕业的年轻教师。但我读过他的诗，喜欢他的诗。他的名作《娘子谷》是很早就读过的。我还告诉他，为了迎接他的到来，我的同事洪子诚教授专门写了长篇的研究论文。就这样，我们开始了无拘束的交谈。

极具亲和力的叶甫图申科一下子给我们讲了三个"故事"：

谢冕与叶甫图申科在中坤国际诗歌奖颁奖仪式上

第一个故事：我有一个朋友，格鲁吉亚人，一百岁和一位七十岁的女士结婚。我出席了他们的婚礼。婚礼上我的朋友讲了一个故事，他说他做过一个奇怪的梦，梦中进了一座墓园，林林总总的墓碑，刻写着逝者的生卒时间，令人诧异的是，所有的墓碑上没有年月，只有天数，如1—2天，有的甚至是几分几秒。我迷茫了，人怎么活得那么短？引导者解释说，这里记载的不是他（她）活了多久，而是他（她）一生中用多少时间帮助了别人。所以，有的人"活"得长，几十天、几年，甚至几十年。有的人则"活"得短，只有几天、几小时，甚至连几分几秒都没有。

第二个故事：帕斯捷尔纳克有一次对我说，诗人是特殊的人，他不仅是智者，而且是预言者，诗人同时可能还是先知。对别人如此，对自己也如此。诗人预言可能发生的事情，而且后来的事实可以证明这种预言。所以诗人不可轻言死亡，这种预言是不祥的。诗人应当乐观地、开心地活着，这将给他带来好运。诗人不能在自己的诗中写死亡，否则就会应验，比如叶芝的诗中出现上吊，结果他死于上吊；普希金和莱蒙托夫在诗中写到决斗，结果他俩都死于决斗；马雅可夫斯基诗中写到子弹，结果是举枪自杀；后来割腕自杀的叶赛宁在死前不久就曾写到自杀……

第三个故事，其实不是故事，而是他主动谈起他本人和国家的关系。他郑重地、语速和缓地说，诗人对自己祖国的前途可以有不同的看法，但诗人不能因某些原因而怨恨自己的祖国。他的这些话非常贴心，这些话一般只能对熟悉的朋友讲，而今晚，我们是初见。我知道，在以前的苏联或现在的俄罗斯，对于叶甫图申科的诗和人，有过许多很高的赞誉，也存在不同的见解，有些人并不喜欢他。

叶甫图申科是我心仪已久的诗人，我们从未谋面。在北大怡园这间面积不大的餐厅里，外面是北京初冬的寒冽，屋里，却因为他的三个"故事"，一下子把我们的心燃烧得热烘烘的。中国人说的"见面亲"，就是此时我们之间的状态，语言不通，而心是相通并互相呼应的。

叶甫盖尼·亚历山大罗维奇·叶甫图申科，1932年诞生于伊尔库茨克，我们是同龄人。他是俄罗斯当代极负盛名的诗人、小说家、电影导演、政论家。他出版过近40本诗集，以及长篇小说、电影剧本、评论集等。他是苏联60年代"高声派"诗歌的杰出代表，写了许多抒情诗，他还是一位天才的朗诵家，他的诗歌朗诵极富魅力。他的创作关心现实的社会生活，擅长于政治抒情诗的写作，他的政治诗富有时代感，有尖锐的现实批判性，他的声音因代表了俄罗斯前进的社会理念而拥有广大的读者群。在20世纪60年代，我读到那时作为"批判材料"的他的《娘子谷》和其他一批诗歌，心灵受到极大的震撼。

娘子谷是乌克兰基辅附近的一个大峡谷，二战期间，德国法西斯分子在此屠杀了大批的犹太人。诗人说，娘子谷上空没有纪念碑，陡峭的断崖，犹如粗劣的墓石，我觉得我也被钉上十字架，我的身上存有钉子的痕迹——

而我本人，
　　　　　　如同连成一片的无声呼喊，
萦绕在成千上万具枯骨的上空。
我——
　　　　是被枪杀在此的每一个老人。
我——
　　　　是被枪杀在此的每一个婴儿。
在我的内心深处
　　　　　　　永远不会忘却！
让《国际歌》的歌声
　　　　　　　　雷鸣般轰响起来，
直到在地球上彻底埋葬
最后一名反犹分子，
我的脉管里没有一滴犹太血液。
但我胸怀粗粝的憎恶，
痛恨所有的反犹分子，
　　　　　　　如同一名犹太人，
因为啊——
　　我是一名真正的俄罗斯人！

　　这种充满激情的正义的呼喊，对于我们这些生活在20世纪五六十年代的中国青年，也是非常熟悉而亲切的声音。他的诗句唤起了我对逝去岁月的怀念。我们曾经蒙昧，我们曾经觉醒，我们也曾经抗争。觥筹交错中，我听他激情的朗诵，我们忘了时空，也忘了不同的国籍、宗教、语言和信仰，我们，我和眼前这位来自遥远的俄罗斯人，我们的心连在了一起，我们仿佛早已相识，我们不是新知，我们是旧友。是共同的遭遇，是共同的理想，使我们一见如故，一见倾心！

夜已深，酒已酣，我与他碰杯，欢迎他的到来。我说，我们共同把握了今天，我们就是世上最幸运的人。昨天已经过去，它不属于我，明天不可预料，它也不属于我，今天，只有今天，是我们共同的拥有，属于我，属于我们。让我们为友谊，为和平，为正义干杯！经过翻译，叶甫图申科听懂了我的祝词，他带头为此鼓掌，他说，我要为你的这番话写一首诗。

北京大学怡园的这个夜晚，我们像相识已久的朋友——其实不是今天，早在上一个世纪我读他的诗的时候，我们已是心灵的朋友了——为我们的今天频频举杯，彼此祝福。在座的中国朋友，我的同事，还有来自俄罗斯的玛莎和安娜，也为我们的话动情。11月下旬，叶甫图申科回国。过了没几天，刘文飞就收到了叶甫图申科为我而写的诗，以下是刘教授的译文：

昨天、明天和今天

献给我的中国朋友谢冕教授，在为欢迎我抵达北京而于2015年11月13日举行的晚宴上，他的一句祝酒词给了我写作此诗的灵感。

生锈的念头又在脑中哐当，
称一称吧，实在太沉。
昨天已不属于我，
它不告别就转身。

刹车声在街上尖叫，
有人卸下它的翅膀。
明天已不属于我，
它尚未来到身旁。

迟到的报复对过去没有意义。
无人能把自己的死亡猜对。
就像面对唯一的存在，
我只为今天干杯！
　　　（2015年11月20日，北京）

2015年12月21日于北京昌平北七家

北大是一本读不完的书
——在北京大学中文系2017年度开学典礼上的致辞

亲爱的同学们，亲爱的我曾经共事和来不及共事的老师们：

谢谢你们邀请我参加这样隆重的迎新大会，我已经很久没有参加这样的大会了。大约六十多年前，那时我和你们一样年轻，也是这样梦一般地开始我们青春幻想的生活。开学了，当时的系主任杨晦先生给我们训话，基本是两条，其一，我们中文系不培养作家；其二，你们要学好语言课。

先讲第一条，中文系不培养作家。说实在话，当年报考中文系的，并不知道什么文学研究，多少总抱着一种作家梦。这一盆冷水，且不说浇醒了包括我在内的许多人，首先把当年的青年作家刘绍棠给吓跑了。他54年入学，不到一年就退学了。我们多数人是留下了。我上学时徒有诗名，其实那时我已清醒地知道自己不适合做诗人，一是缺乏才情，二是时代不对。但我们对杨主任的话听不进去，他要我们专心做学者、专家，《诗经》要从头到尾一篇一篇地读，告诫我们不要学姚文元、李希凡，不要被路边的野草闲花所招惹。杨先生知道我有诗人情结，不放心我，直到毕业留校，他还托人带话：告诉谢冕，要上套。"上套"是北方对从事劳动的骡马说的，即遵守"规矩"之意。

再讲第二条，我们入学时首行五年学制，当时中文系语言专家云集，系里给我们安排了许多语言课：王力先生的古代汉语和汉语诗律学，周祖谟和朱德熙先生的现代汉语，魏建功先生的音韵学，高名凯先生的语言学概论，袁家骅先生、岑麒祥先生、林焘先生等包括《方言学》在内的形形色色的语言课，我们的五年培养计划排得满满的，压得我们喘不过气。我们不满，告到系主任那边，杨晦先生答话很干脆："好好学，语言和文学是有机联系"。同学们仍然不解，我们年级最调皮的同学叫孙绍振，他在三角地贴大字报，画了一只大公鸡，公鸡的一只脚踩着语言，另一只脚踩着文学，标题是："有鸡联系"。

中文系培养不培养作家，中文系要不要学语言课，现在似乎都不成问题了，可在我们当年，实在是很纠结的问题。当然，随着我们学习的深入，作家梦、诗人梦也都逐渐淡漠，我们都先后自觉不自觉地"上套"就范了。我之所以重提这些话题，意在说明何为北大的传统，何为中文系的传统，推广一些说，想强调的是我所理解的北大精神。

北大建校至今已120周年，一贯遵循的是蔡元培校长的立校思想，这就是："循思想自由原则，取兼容并包之义。"作为伟大的教育家，蔡元培不仅尊重和鼓励学生独立思考，而且强调在学期间要奠定厚实的专业基础，不仅如此，蔡先生还特别强调学生的全面发展，不仅是德育和智育，而且还有体育和美育。今天到会的还有范曾先生，他是北大画法研究院院长，他的研究院就是蔡元培时代的产物。不仅是画法，还有歌谣，还有足球，还有第一次招收女生，北大始终是开风气之先的地方。

说到不培养作家，这并非是杨晦主任的独创，他是在秉承蔡元培校长的办学理念，北大要求有宽广的学术基础，想当作家的同学一进校就埋头写作，可能影响他在有限的时间打下丰博的学术根基，从而影响他未来的发展和贡献。这份苦心我们当年并不理解。至于我本人，在此种压力下，作家梦（或者叫诗人梦）只能就此断了念想。我热爱诗歌这种文体，我只能把诗歌作为一种爱好。但即使停留在业余爱好上，我还是遵循北大教育我的，倾毕生之力，做好自己喜欢的一件事。

中国的学术史上出现许多专才和天才，我不是。我遵循北大的要求，老老实实做一名学者，打基础，不断扩大和充实我的知识面。开始的时候做文艺理论，后来做现、当代文学，再后来做诗歌，诗歌研究后来成了我的专业。诗歌的领域十分宽广，我只做中国诗歌，中国诗歌还是十分宽广，我只做现代诗歌，现代诗歌还是太宽广，我只做当代诗歌。一个人精力有限，除非像王国维、闻一多那样的天才，一般人一生能做的事很少。我认定，我的一生能做好一件事就是我的福分。这是北大教我的，后来我同样教给了我的学生：踏踏实实做一件事，争取在这个领域拥有发言权，这就要付出你的一生。前面我列举了中文系语言学上的许多权威，王力也好，朱德熙也好，魏建功也好，他们无不如此，为一种学问，付出毕生的努力。

北大是一本丰厚的书，我用一生的时间读它。我永远是北大的一名学生，我现在退休了，但我还在读它，我没有毕业，我是你们永远的同学。

2017 年 9 月 7 日于北京大学

辑二 气象

先生始终是青春的
——林庚先生百年诞辰纪念

一个人离开了我们,但我们始终记着他,记着他飘逸的神采,记着他儒雅的风度,还有,更重要的,是记着他独特的精神。他在我们的心中,是不朽的青春,更是永恒的诗意。如今我们经过燕南园,那座竹影婆娑的寂静的院落,眼前总是先生的身影,他微笑着,思考着,吟唱着,写着充满青春气息的诗篇,先生从来没有离开我们。

今天我们在这里纪念林庚先生的百岁诞辰,缅怀先生诗意的一生,内心充满了感动,为先生的学术成就,更为先生留给我们的精神财富。先生是一位学者,更是一位诗人。他不仅写诗,而且把他对诗的感悟注入了生命之中,他的生命因之始终充满了诗意与诗情。在别人那里,可能诗是诗,生活是生活,而在林先生那里,二者是融为一体的。先生的生命是诗的,先生的学问也是诗的。先生毕生以写诗的姿态和心情做学问、做人。

我在少年时代便喜爱甚至痴迷先生的诗歌。及至进了北大,听先生的课,和先生有过接触,了解先生的治学和为人,这才知道,即使竭尽毕生之力去追随先生,可能也只能遥遥地仰望着他前行的身影。

1979年文代会，左起：费振刚、林庚、杨晦、谢冕

但我们并不沮丧，先生始终鼓励着我们，用他的平常心，用他的旷世而独立的姿态。先生是平易的，在燕园的林荫道上，先生的平常和普通，使得我们无法把他和周围的人们加以辨认。

林庚先生离开我们了，但他的生命依然在浩淼的空间驰想[①]。先生曾经发问："人生不过是过客，那么世界又是什么？"[②]先生在往后的诗篇中对此作了回应——

  人经过这世界又创造着世界
  创造乃青春的一页

先生远去了，但他留下了一个世界，这就是青春和创造的世界。先生始终是诗的，也始终是青春的。

借此机会，我代表北京大学中国新诗研究所感谢诸位光临今天的纪念会。

2010 年 1 月 6 日于北京大学

[①] 林庚先生著有诗集《空间的驰想》，清华大学出版社，2008 年 5 月出版，为手迹影印版。
[②] 同前注，《序曲二》。

校园里的缅桂在开花
——林庚先生赴厦门大学任教七十周年纪念会开幕辞

今天我们在林庚先生的家乡和他工作过的学校,为我们敬爱的老师举行赴厦大任教七十周年纪念会。我们作为他的学生,能够在这里追寻先生青年时代的足迹,感受他生活过、工作过的美丽环境,缅怀先生清雅澹泊的一生,探讨他博大深厚的人生、学术的道理,我们的内心充满了感动和感激。

林先生诞生于1910年。1937年在厦大任教时,他才27岁。在厦门他完成了《中国文学史》的写作,1941年油印出版。1946年厦大复员,作为大学丛书的一本,此书于1947年出版,距今也已整整60年。这年先生37岁。先生一起步就到达学术的理想境界,而且就此奠定了今后学术生涯的基础。他的文学史框架和立论体系,他的学术理想和社会理想,都确立在厦门大学。厦大十年,是林先生光辉人生的起点。

先生一生儒雅清高,超然脱俗,一派名士气象。先生的处世为人,看起来似乎与尘世无涉,但先生绝非不食人间烟火之人。他有他的忧虑与关怀。他以他一贯的姿态静观一切,他用自以为是的方式坚持着、甚至坚忍着。他的"不在乎"就是他的抗争。林先生是真正的智者。

林庚先生

深秋时节,校园里的缅桂花依然暗香浮动。此情此景,令人无限缅怀林庚先生美丽的人生:他是把学术审美化了,也把人生审美化了。林先生是一本永远读不完的书。

2007 年 11 月 1 日于厦门大学

郁金香庭院的聚会

郑敏先生的家很有韵味,院里的郁金香开得茂盛,还有书房里飘出的悠扬的琴声,那是北京西郊清华园一道诱人的风景。那时我住畅春园,郑敏住清华园,北大和清华只有一墙之隔,我们两家是很近的。80年代初期,诗人们从蒙难中归来,九叶中凋落了穆旦,引人叹惋,所幸其余八叶都还健旺,充满生命力的绿色在早春的阳光下蓬勃着。辛笛、唐湜、唐祈、曹辛之、杜运燮、袁可嘉、陈敬容,还有郑敏。陈敬容先生鬓见偶见灰白,而郑先生依然青丝如黛。他们劫后重逢,自有难言的喜悦。

他们很珍惜这美好的时光。有时辛笛或唐湜从南边来,有时唐祈从西边来,他们总找时间聚会。那时不时兴酒店会面,郑敏先生家院落清雅也宽敞,成了他们的最佳选择。那时出租车还不多,而且对于诗人而言还有点奢侈。这些从南边或西边飘来的绿叶,多半会采取公交出行。坐公交车去清华园,我的畅春园住所往往就是这些远道跋涉的诗人们的中途打尖儿的"中间站"。有时,某片叶子坐了一阵,继续自行飘走了,有时我会陪他们一道前往清华园,参加他们八叶或几叶的聚会。

就这样,我就熟悉了郑先生的家。九叶都是我的前辈,我对现代

2010年在郑敏先生家。左起：牛汉、郑敏、谢冕

诗的热情是受到他们的引领的。他们的作品为我打开了一片新异的天空。一本用平日攒下的所有零花钱换来的《手掌集》，伴随我走过长达六十余年的人生。郑敏先生的诗，则是我在台湾做新闻工作的二哥远道寄来的剪报，被我珍宝般收藏的。而我的批评文章的风格是学唐湜先生的。八叶都是我的心仪已久的老师，但他们都把我看作是他们的朋友，就这样，我们建立起了亦师亦友的关系。

我不只一次参加过郑先生的家宴。来宾以九叶成员为核心，有时也有像我这样的他们的朋友，但多数属于来自学院的学者。这些家宴多半是西式的冷餐会，有时也会自家做几样中式的热菜。一些冷饮，一些红酒，一些茶，一杯咖啡，人是散落地坐着，边吃边谈，有时也读诗。有时童蔚也来坐坐，童诗白老师多半不参加谈话，他会在自己的书房用琴声来为诗人们助兴。每次参加郑先生庭院的冷餐会，那种氛围总让我联想起当年林徽因先生的客厅的聚会。同是女诗人，林先生那里也许更浪漫，郑先生这里也许更学术。前者似乎更无拘束，后者则更有一些学术气氛和沧桑感。

郑敏先生的家是诗意的、让人温馨的。花香、琴韵、优雅的谈吐，这些让我们感陌生而又亲切的，与我们久违了的情调的重现，最生动地说明着九叶诗人的教养与他们所代表的文化精神。他们是有着深厚的中国学养又受到西方文化熏陶的知识分子，他们的知识结构与来自解放区的人们有着巨大的差异。对于久为动乱所苦的人们，九叶的重现，以及它们的受到尊重，象征着中国文化的转机。

这种离乱之后的聚会的喜悦，意味着失而复得的欢喜，这欢喜不仅属于他们，而且属于中国。多么令人怀念的80年代！

2012年6月30日于北京昌平

他影响了中国文学的新时代
——在"袁可嘉诗歌创作与诗歌理论研讨会"上的发言

袁可嘉先生在九叶派诗人中,素以理论著称,他被认为是这个诗人群体中始终高举理论精神旗帜的一位。当然九叶诗人中,从事理论的不止袁可嘉先生一人。唐湜先生也以理论著称,但唐先生与袁先生不一样,他的诗歌创作没有被理论的成就所遮蔽,而袁先生的诗歌创作成就是被他的理论光辉遮蔽了。人们读九叶诗人当中的袁可嘉,从内心深处更愿意接受他作为理论家、批评家和翻译家这样的身份,而有意无意忽略了他的创作。也许别人没有这样的看法,但至少在我个人内心曾是这样认为的。最近我认真读了袁可嘉先生的诗歌创作,我觉得我这个看法是偏颇的,袁先生的诗歌创作也是非常了不起的,我一会要用一点点时间讲一下我对他的诗歌创作的看法。我记得袁可嘉先生发表在1948年第12期《诗创造》上的《新诗戏剧化》这篇文章,读到这篇文章的时候,我还是个初中生,我理解不了袁先生的理论精神,以及他的"新诗戏剧化"对以后诗歌的发展所产生的深远影响,但是我从那时候开始就认定了袁可嘉先生的理论家的地位。

袁先生对英美文学的深刻造诣是学界公认的。我知道袁先生毕生的经历贡献给了英美文学的介绍,他介绍英美诗歌到中国来,在英译汉方面,他先后系统地介绍了很多诗人,如叶芝、彭斯、哈代、布莱克、米列等的诸多名作。袁先生从 40 年代开始就致力于理论和创作实践,鼓吹并推进中国新诗现代化,不遗余力地向国内学界介绍国外文学特别是诗歌潮流等。袁先生从理论到创作,全方位地覆盖。我们都怀念伟大的 80 年代。在 20 世纪 80 年代,袁先生是国内介绍外国诗歌流派最有力的一位。他以沉稳的作风,扎实的学风,低调的姿态,向国内介绍外国的诗歌创作和诗歌理论潮流。回顾那个年代,袁先生几乎就是一位站在新潮流前面的最勇敢、最睿智的先锋性的诗人和理论家。他主编的《欧美现代十大流派诗选》《现代主义文学研究》《外国现代派作品选》,所著的《现代派论·英美诗论》,这些简直就是现代主义新潮启蒙的经典性作品。80 年代我们对外国诗歌和外国理论的了解,袁先生所提供的这些文本几乎是圣经似的,影响了整个的几代人,影响了整个的中国文学的新时代。我想,不仅我个人,我

2000 年 12 月袁可嘉访问谢冕家。左起:袁可嘉、孙玉石、谢冕、刘福春

们所有在80年代生活过的人都会感谢袁先生在这些方面所做的工作。我刚才说过，作为诗人的袁可嘉被理论遮蔽了，他的诗歌创作立意高远，意境空旷，而且诗韵极为精美。我读了袁先生的一些十四行诗，还有十二行的诗，他对音韵和节奏的感悟，我觉得，我们现在一些不讲究诗韵的，不讲究诗歌音乐性的诗人，应该感到汗颜。我提议大家多研究一下袁先生诗歌的那种对音韵的讲究，那是非常让人感动的。

我现在想离开这些话，来谈谈我个人和袁先生的交往。我和九叶派诗人，除了穆旦先生没有来得及见面外，其他八位诗人，都有过接触甚至较多的接触。我个人非常感谢九叶派诗人在80年代诗歌创作、诗歌理论方面所做的非常亲切的、非常友好的、非常温馨的一种支持。袁先生就是其中的一位。这些先生应该都是我的师长，但是后来由于接触多了，交流多了，就变成朋友了，所以我和九叶的八位诗人几乎就是亦师亦友的关系。记得那时候我和艾青先生有一些误解，关系有一些紧张，因为我还不认识艾青先生，在袁可嘉先生、郑敏先生、陈敬容先生、曹辛之先生等的帮助和推动之下，完成了我和艾青先生的一次见面，而且这个见面是非常友好的。我想袁先生他们这种用心，是为了诗歌界形成一种非常和谐的气氛，能加深了解的一种气氛。我和袁先生的接触不仅是在与艾青先生的这个会面上，而且在曹辛之先生家里，在郑敏先生的家里，我们都有过非常好的接触，九叶诗派的很多聚会，他们都会邀请我参加。所以我对作为老师也作为朋友的袁先生，始终怀着一种非常感激的心情。

2009年10月31日

他赠我一幅乱荷

这里有几支荷花，如盖的莲叶被风卷起，风有点暴虐，似乎是在肆意蹂躏那柔弱的荷花。荷花受到惊吓，它们躲到荷叶下面，此刻荷叶是它们的庇护者。荷花的颜色是浅浅淡淡的红，有点惨烈的那种红，而莲叶则有更多的水晕，近于墨色，也是浅浅淡淡的，有一种说不出的哀愁的那种墨。汪曾祺先生在画面的空隙处为我题写了十四个字："郎今欲渡缘何事，如此风波不可行。"他没有作画日期的落款，也许是随意，也许竟是刻意，让我淡忘那时日。我没有问他。

时间是那个夏季，也是荷花如血的季节。那个夏季天非常热，热得近于汤沸的那种，近处远处，好像有火在燃烧。就是这样的季节，汪先生寄来了他的这幅画。领略了画意，再看题词，先是有一种惊怵，汪先生这不是劝我"君莫行"么？后来有一种感动，一种被体贴、被关怀的感动。先前，我曾向先生索画，画是很早就答应了的，但他没有给我。我知道他忙，要出席很多的会议，要写文章、写字、画画，还要喝酒。我告诉他，不急，想起来就给我画。我也不催他。谁可想到，就在这炎热的风波突起的夏季，就在这火烧一般的百草竞伏的时刻，他想起给我画画了。

这题款是李白的诗句。李白的《横江词·其五》："横江馆前津吏

汪曾祺先生

迎,向余东指海云生。郎今欲渡缘何事,如此风波不可行!"李白的横江词共六首,言事都是李白当年的语境。汪先生在这样的时刻为我作画,而且是这样的画意,而且单挑李白的这两句诗赠我。这不能不引起我的深思,如前述的,开始是怵然心惊,接着是充满暖意的感动。横江词有很多解释,那些解释都有深邃的意蕴。但我还是想到汪先生是在默默地关怀我当日的行止,他理解我当日的忧心和激情,他对我有点担忧,并以此劝导我:一些事是可遇而不可求的,一些事是知其合理而不可为的。

我和先生同住一座城市,当日那城市里发生的一切,包括我的学校和它的学生(这也是他的母校,他是西南联大中文系),包括我当日的处境,他不可能不知道,也不可能不牵挂。横江词的原旨:管事的官吏告诉客人,东边的海云升起来了,风暴已经到来。客官有什么特别要紧的事，非要在风波涌起的坏天气渡江？津吏是从职业的角度劝阻行客，汪先生是以过来人的、长者的身份规劝我：路是要往前走的，船是要往对岸渡的，但是现在不可，风浪实在太大了。

先生的字娟秀依旧，有他一贯的从容心态，与画面的骚动不宁相对应的，则留下了某种局促的神态。汪曾祺先生平生坎坷，他经历的艰难造就了他处变不惊、从容应对惊涛骇浪的冷静和安详。别看先生平日里诗酒流连，清朗豁达，但他却是万事洞察于心。他热爱生活，风流儒雅，原是性情中人，他把民生疾苦和社稷安危放在心灵深处，平时他喜怒不形于色，却是是非爱憎异常分明的：他从善如流，他又嫉恶如仇。

我自以为领悟了汪先生送我"乱荷"的深意，我把这样理解藏在内心最深处，怀着一份暖意，也怀着一份感激。那么长的时间，我有很多与先生晤谈的机会，但我没有问他。以我对先生为人的了解，一贯处事含蓄蕴藉的先生，他是不会对我明言的。先生是诗人，他也知道我知诗，诗是让人体悟的，诗不会也不必明言一切，一切只能心领神会。时间愈是长久，心意愈是绵长，思念愈是殷切。

先生远行久矣。这一个夏天的清晨，面对着窗前这万顷荷花，想起前人诗句："接天莲叶无穷碧，映日荷花别样红"，万般心绪油然而生。对比汪先生当年笔下的暴风掀动的一顷乱叶，那乱叶下面受惊的荷花，想起汪先生当年半醉之中把酒临墨的情景，想起他当年心中怀有的苍茫思绪，我仿佛回到了那个炎热的夏天，那夏天里的点点滴滴，时时刻刻。我想告诉先生的是，他的画，他引用的题画诗，他在纸上画外所含蓄告知的一切，我都默记于心，他在其中所蕴含的人生智慧，已经成为伴我一生处世致物的精神财富。

2013 年 7 月 5 日于北京顺义瑞麟湾温泉酒店

那变得遥远的一切
——忆吕德申先生

我毕业留校工作，最初是在文艺理论教研室。那时的教研室主任还是系主任杨晦先生兼着，而主持教研室日常工作的，则是作为副主任的吕德申先生。所以，我参加工作后的第一位直接领导是吕先生。吕先生做事果断坚定，他以不容讨论的坚决，第一个学期就安排我给大一本科生上文艺学概论课。

幸好，在毕业前的几个学期，我们经过"集体科研"，把中国古、今文学史和文艺理论折腾了好几遍，是并不十分陌生了。再加上那时的文艺理论教材，已有以群先生的一种，蔡仪先生的一种，都是周扬主持的教材编写的新成果，可供备课时的参考。还有，当年北大邀请了苏联专家毕达柯夫教授讲授文艺学原理，讲习班刚刚结束，余响尚存。我利用假期，紧赶慢赶，终于上了第一堂课。

吕先生始终关心和指导我的工作。第一堂课，他亲临课堂听课。他的到来，给了我信心，也给了我压力，我很紧张。一堂课下来，严谨的先生既不批评，也不表扬，只是指出我有一字读音错了。我觉察到了吕先生对一个刚上讲堂的新助教的宽容，以及他的"不轻许"的严格。吕德申先生待人处世的认真、正派让人敬畏，尽管他为人十分谦和。在我的记忆中，几乎从未见过他有严词厉色的时候。

吕先生是一位十分本分、又十分敬业的知识分子，他清高自恃，不与世争。学问就是他的一切，对此，他总是笃诚专一，黾勉务实，他治学的严谨是出名的。他以毕生的心力贡献给了文艺学理论的研究和建设（最近听说他年轻时写过小说和其他文艺作品），在学术界，他是一位学养极深却又始终低调、而且总是默默奉献的、受到普遍尊敬的学者。

我认识吕先生并在他的领导下工作的时候，正是流行政治挂帅，又红又专的年代。吕先生除了研究、教书，同时还是一个"双肩挑"的干部。他长期担任中文系的总支委员，教学以外的时间，统统贡献给了兼职的工作。但先生感人之处是他如同做专业的学问那样，对兼职的工作倾注了同样的热情。

我所认识的吕先生，就是这样一边教学、写文章、同时领导着教研室的工作，一边又忙着参加那年月非常繁多的、相关的会议。这些会议，很多时候是在同样是兼任总支委员的杨晦先生燕东园的府上召开。我偶尔也列席参加，在当年特有的气氛之中，有机会领略杨晦先生家中特有的那种高雅情调，因此同样留下了难忘的记忆。在这样的会上，吕先生的发言和处事总是从容不迫，适中而准确，如同他的治学那样。

先生是传统的知识分子，除了这些"社会工作"（当时习惯的对于教学业务以外工作的称呼），他一心一意地做学问，学问以外的，他依然维持着北大校园里的那份特有的与世无争的清高。先生生性平和，文质彬彬，与人相处，谦逊而有节，他有很好的人缘，他在同事中和学术界受到了普遍的敬重。

在北大中文系，他是属于被尊称为"先生"的辈分，尽管比起游国恩、魏建功、王力诸先生来，他仍是年轻的晚辈。但因为他来自西南联大，比起我们这些新中国成立后参加工作的，当然就是"先生"

了。先生就是这样,过着平静的书斋生活(对于那些无法摆脱的事务,既投入又保持距离,"红"与"专"处理得很好),研究他的文艺理论,时不时地发表很有分量的研究成果。

有一段时间吕先生担任系总支的统战工作,专门负责联系教师中的民主人士。在同事的心目中,他不仅组织观念强,而且原则性也强。他的知识分子的良知和正义感,被他的日常工作遮蔽了,平时是不轻易显露的。但和他相处久了,会时刻感受到他的体贴和温馨。特别是对如我这样的年轻人,他的关心和爱护是全方位的,从工作、学习、业务到生活。在吕先生的领导下,我们迅速地成长了。具体到我本人,我的文艺学理论的基础和实际的运用能力,都是在吕先生的亲切指导下得到的。当年的文艺理论教研室是一个充满温情的集体。

后来,我带着对于吕先生的感激之情离开了文艺理论教研室。但我始终没有离开吕先生那关切而温馨的目光。我知道,他依然在忙他的研究,在讲他的课,在指导和培养年轻的学者。他依然关心着中文系的工作,即使后来他患了腿疾,还时常来到系里,我们还如同往昔那样地致意寒暄。

我永远不能忘记的是那一年的夏天,令我惊讶的是,从来心气平和而且总是带着微笑的吕先生愤怒了!当然不是为自己,我从来没有发现他曾经为个人受到损害而情绪激动过。在我与他数十年的相处中,这个夏天吕先生的动情,几乎是唯一的、可能也是绝无仅有的一次。那天他的发言充满了无畏的正气,他深情地回忆起四十年前同样发生在北京街头的动人情景,并且做了鲜明的对比。

从来温容尔雅的吕先生的犀利和尖锐,令举座震惊。他的义正词严的发言是不可辩驳的。当时在座听到这一发言的,有季镇淮先生、冯钟芸先生,可能还有严家炎先生,我相信他们一定感受到了吕德申先生性格中最隐蔽的、也是最勇敢和最美丽的一面。这个平日看淡一切世俗的学者,在他的内心深处蕴藏着并流淌着从鲁迅到闻一多整整一代中国现代知识分子的滚烫的血。

啊！那夏天，那夏天里的会议，那会议上振聋发聩的发言，那让人从心里敬重的吕德申先生！那如今变得非常遥远的一切！

2009年1月26日，农历己丑正月初一，于北京大学

缪斯的神启
——诗人灰娃

　　诗的力量也许不在它能够或可能给世界提供或增加什么实在的东西，诗总是在想象力和幻想力方面引导人们建造和达到一个非现实的境界。这就是为什么一些人能够在人世的失望乃至绝望之际，在诗里找到希望并获得生机的原因。现在我们谈论的这位诗人，她把自己的诗集叫做《山鬼故家》，这山鬼和她的家都是非现实的，是充分幻想的。

　　这里是灰娃的诗世界，是她的精神的、审美的家园。灰娃有一段时间为世所不容，她无法抗争那无形或有形的伤害和欺凌，当她试图用正常的方式去反抗那一切，她的一切意愿却都被粗暴地目为异常。于是，她只能失常地生活在药物和心理医师的安抚之中，她曾经无援地面对冰冷的世界。

　　灰娃生命的奇迹是诗对她的神启。于是她开始了王鲁湘称之为"向死而生"的生命历程。许多上了年纪的人都曾经生活在灰娃生活过的那个环境中，我也是这些人中的一个。读了灰娃的诗，我感到了那个环境中少有的坚韧和崇高。我们不是不曾感受到那笼罩的罗网和四伏的暗箭，但却很少有人能像灰娃这样直面那种精神暴力。于是，一幕惊心动魄的悲剧就不可避免地发生了。

在阅读中我深切感到，对死亡的洞彻使灰娃有力量面对周围的重压。当一个人连死亡都不畏惧时，那一切的懦弱和胆怯也都风流云散了。死亡使那一切的敌意和暴力无所施其技，而此时，因受困而自卫乏术的诗人终于成为强者。收在附录中的两首诗充分证明了这一点。这很像是遗书的两首诗中，诗人有着对于世间烦忧的无须隐藏的直率的表达："我算是解脱了"；"再不能折磨我，令你们得到些许的欢乐"，"这一切行将结束"，"我虽然带着往日的创痛，可现在你们还怎么启动"，最后是"彻底剥夺了你们的快意"（《我额头青枝绿叶》，1974）。

当然，以自身的消失而换取那种"满足"和"快意"的剥夺，毕竟让人感到悲怆。灰娃在上述诗的"附记"中写道：这是"对一个为人类尊严拼死抵抗过的灵魂的纪念"。像灰娃这样的"直接面对"和"拼死抵抗"，是我这样一些和她生活在同一时空中的人所不能达到的。在这里，我们看到了作为一位诗人可贵的品质——

  我发誓
  走入黄泉定以热血祭奠如火的亡魂
  来生我只跟鬼怪结缘
      ——《墓铭》（1973）

要知道，这是诗人在病危之际嘱亲人毁迹的诗篇，这种不供发表的诗篇有着拒绝装饰的真情。这是用生命写成的诗句，这样的诗句可以说达到了诗人的至高境界，一切满足于技巧的炫示和装饰的诗，在这里都将感到羞愧无言。

读灰娃的诗，使我领略到普遍贫乏的年代里的富庶。我惊叹于我们至今还无法深知的厚土层中，竟然埋藏了多少惊人的光艳和才智！但我手捧《山鬼故家》，令我更为震动的却是就在我们共同面临的近于绝望的环境中，竟有这样高贵而无畏的灵魂，在我们感到恐惧之时，

灰娃诗集《山鬼故家》

诗人却能够喊出"不要玫瑰,不用祭品"这样强大而决绝的声音。这一切让人深信:尽管人世间充满忧愁和苦难,有一种东西,它可以战胜并超越一切苦厄,那就是灰娃用生命写成的诗篇。

  读灰娃的诗我有一种感慨,在当今诗人的创作中,因为语言的实验和哲理的表达而牺牲诗质的现象相当普遍,那种以对诗意的忽视和否定来换取知性的"深奥"和"新奇"的做法是否可取实在值得怀疑。而在灰娃的诗里,却是另一番景象。读《出嫁》:"梅香和她少女的发辫永别／高高挽起妇人的髻／童年匆匆有如逝水／转眼流到终点",世代相袭的美丽的民俗在这里被深刻地转换而为人生的沉痛;再看《哭坟》,那一身孝服的年青妇人的悲戚却因为其间的文化的力量而表现出惊人的美感。在灰娃的创作中，文化和审美资源的加入或渗透不是外在的，而是一种融入生命感悟的发酵，所以她的诗有着醇酒般的浓郁。

一开始我就说过，灰娃是在非现实的想象世界中获得自我拯救的。但她绝非对人世厌倦或淡漠的人，恰恰相反，正因为她对现实世界过于关爱，这才令她"痛不欲生"。有一些诗人是生活或躲在云层中，灰娃不是。作为诗人她的想象力翱翔在浩瀚的天宇，但她的目光注视之处，却是人间的血泪，人间的忧患，《童声》一组，倾注了她的慈母的爱心和悲痛。也许人们不太注意《鸽子》一类的作品："无情的铁器、炸药，更无情的手"，夺去了鸟群的家，"冬天来了，残年将近了，不复飞回失落的鸽群"。我们从这些"小"题材中看到了大的悲怆：她在这里表现了人类对自然的负罪感，这是未能忘世的诗人的心音。

对人类文化的广阔视野，生命和苦难搏斗的悲壮经历，再加上中国文化的深根（从屈原到西北高原的风土），还有"向死而生"的激情，使她的诗充满瑰丽奇特的想象和纷繁美艳的艺术表现力；尤为重要的是，她那一双深情而忧郁的眼睛始终不曾回避大地上的血和泪，那里的每一片树林、青草和每一双飞鸟的翅膀。我们常常对诗歌有一种怀想，一种期待，但我们很多时候总是感到失望。灰娃的诗让我们得到了安慰，我们诗歌的宝藏太丰富了，丰富得出人意料，因为有灰娃这样的诗人和诗，我们对中国诗的未来怀有信心。

寂静何其深沉[①]
——记灰娃

灰娃十二岁去了延安（这本身就具有传奇性），人们对这个年幼离家的孤单的小女孩疼爱有加，她成了八路军的"小公主"，革命大家庭的"掌上明珠"。尽管那年月有常人难以忍受的艰难困苦，但她的日子过得快乐、充实，而且感到幸福。外面世界的风雨硝烟，都不能夺去一个小女孩的天真和梦想，小小的灰娃"每天都有如节日一般快乐。"后来灰娃长大了，战火中迎接了自己庄严的"成年礼"。

当年的灰娃毕竟年小，她对延安的一切都欢喜，她热爱延安的那些人，她把他们叫做"艰苦、紧张而又欢乐的革命者"。小小的年纪，她当然不可能深刻地理解延安，理解它单纯中的驳杂，光明下的阴影。她一厢情愿地认同了，并且热爱了这座贫瘠山沟里的乌托邦，这里是幼小灰娃的理想国。她对延安始终怀有梦境般的亲切和欣喜。

她真情地拥抱了那里的一切：乐观、平等、友爱、正义，为追逐光明而时刻准备献身的理想主义，以及在严酷的缝隙中透出的些许人性的光辉。灰娃叙述说，"对每个人，这里都是一种新型的秩序，全新

[①] 这是灰娃《寂静何其深沉》中的诗句："寂静何其深沉 / 声息何其奇异 / 宇宙一样永恒 / 参与了鬼神的秘密"。

的同志关系。大家都是热血青年,为奉献,为理想,为牺牲而集合在一起。"延安的岁月在她的心目中是通体的光明,并且由此形成了此后对一切事物价值评判的标尺。

在灰娃的叙述中总是把延安时期和"49年以后"加以区别。她觉得"以后"和"以前"不一样。她怀念"以前"拥有的社会环境和人际关系,他不能接受"以后"的现实,她甚至为此找到昔日的首长,吵着要回"以前"的延安。她把进城后感到的一切,叫做"胜利的苦恼":"我觉得进入了一个怪诞世界。我从未见过那样的环境,甚至内心显现出幻象","我只是害怕,不知为何如此,也不敢和人说,怕人们责怪我。"[①]

灰娃只生活在"以前",而与"以后"的周围的世界格格不入。此时她面对的是无端的责难,从走路和说话,从姿态举止到穿着打扮,一切都错。由于心灵受到挤压和打击,她内心充满恐惧,她因被虐而成了新时代的"狂人"。这个在延安时代受到人们宠爱的骄傲的公主,终于在她所厌恶的、无休止的政治口号和政治批判中精神崩溃。

其实,灰娃始终钟爱着她心目中的革命。她童年抛弃了优越的家庭环境,青年时代又永别新婚的丈夫——一个年仅二十三岁的青年军官,洒血在鸭绿江彼岸的战场[②]——她始终无怨无悔,只是希望革命"不走样"。然而她面对的却是另一种令她惊诧与感到恐怖的现实。灰娃的遭遇使我们联想到鲁迅笔下的"狂人"。那狂人其实是最正常的人,当边上的人们醉生梦死的时候,他敏感地觉察到历史的颠倒,他以众人惊异的语言揭示了五千年"吃人"的历史。

[①] 灰娃:《我额头青枝绿叶》,人民文学出版社,2010年8月,第123页。
[②] 同上书,第151页,作者自述:"那时战火纷飞,部队调动频繁,我们之间没有时间多接触;加之部队接受了新的任务,我们匆匆履行完结婚手续,便背起背包奔赴前线了。……他奔赴战争一线,我们俩自是离多聚少。其实,把我们共同生活的那些个零星日子加起来,也不足一个月的光景。"

我们如今面对的这个女性,她同样是时代的先觉者。当周围沉浸在"颂歌"的欢乐时,她感到了黑暗的逼迫和苦难的降临,她的内心充满了恐惧与忧患。懵懂的众生不会有这种压迫感。灰娃属于我们时代神志最清醒、神经最敏锐的先驱者。她是一只吵人清梦的提前报晓的晨鸡,她在沉沉的午夜呼唤光明。

也许人们难以想象灰娃的失望乃至绝望的缘由。那原由也许并不止于我在前面叙述的那"单纯"的"革命"。其实在当日延安集合了中国当时最有理想、也最有才华和智慧的青年。他们带来了中国和世界文化的精粹。中国最优秀的作家、诗人、艺术家和学者,都为着一个光明的中国而在这里播撒文明的火种。他们的言行举止,不可能不影响这个聪慧而好学的女孩。

在灰娃的自述中,我们可以看到当年以至此后都不过时的艺术经典和时尚术语:戏剧方面:《铁甲列车》《悭吝人》《新木马计》《日出》《雷雨》《北京人》《太平天国》;歌曲方面:《黄河大合唱》《青年大合唱》《酸枣刺》《长城谣》,用俄语演唱的《五月的夜》《夜莺曲》《苏丽珂》《牧羊女》;还有文学:托尔斯泰、巴尔扎克、莎士比亚;还有,伦巴、探戈、交谊舞……此外,当然还有根据地土生土长的艺术品类。50年代进了北大,灰娃接触更多的西方文化。由此可知,灰娃的憧憬和失落并不单纯。

灰娃比我年长,她去延安的时候我才七岁。当她成为延河边的一颗明珠时,我还在南中国的一座城市为了躲避战乱而不断地变换着小学。我们的时空是错置的。同样是经历了革命岁月,十七岁参加军队的我已失去了灰娃当年的纯真,我在严格的纪律中渴望自由。我们的共同点是有一个共同的理想。地球很小,我有幸与灰娃50年代在一座校园中"相遇"①。人们告诉我,俄语系有一位引人注目的身穿白色连

---

① 我们同年进入北京大学,我是中文系,她是俄语系。我们其实互不认识,同在一个校园而不曾"相遇"。

衣裙（那时有点"另类"，更因为她是老革命，就更引人议论了）的女生，可是我们无缘结识。

　　但作为同时代人，我们呼吸的是同样的校园空气，感受着同样的社会氛围，而选择却迥然有异：当时同在校中的林昭，选择的是激烈的公开考问，而灰娃选择的是无言的内心反抗，她们都为此而付出沉重的代价：健康、家庭、爱情、鲜血以至生命，当日的我，在矛盾重重的心情中选择了隐忍地保全自己。[①]

　　灰娃的生命是一个奇迹，她历经苦难，几度濒危，向死而生。是诗歌给她又一度青春年华，诗歌和艺术使她绝处逢生。她因眷恋光明而在黑暗中歌唱，她无心于做诗人，却无意间成为了将20世纪的苦难和追求的全部诗意保全下来的诗人。当然，她是以血泪和伤痛为代价创造了这个诗歌的，同时更是生命的奇迹的。

2010 年 12 月 20 日于北京大学

[①] 在《怀念林昭》一文中，我写道："在那个炎热的夏季，我内心充满了痛苦。一方面，我为那些站在时代前列独立思考的、勇敢的言论而私心敬佩，另一方面，我又不得不被动地参与那些狂风暴雨式的'斗争'——看着那些当代的才俊之士、那些思想的先驱者一个个在我面前倒下。当我在这种恶劣的环境中卑劣而胆怯地存活的时刻，林昭正在为她的信仰而一径向前走去。"许觉民编：《走近林昭》，明报出版社有限公司，2006 年 2 月。

那只文豹衔灯而来
——读灰娃

　　我和灰娃不仅是同时代人,而且曾经是同一个学校的同学,上个世纪50年代,我们曾经共同生活在美丽的燕园。不同的是,她是俄语系,我是中文系。那时我并不认识她,只听人说,俄语系有个女同学来自延安。她一袭白色连衣裙是当日校园的一道风景。在北大,她当然不叫灰娃,灰娃是在延安时的小名,也是后来她写诗用的名字。认识灰娃是在90年代她出版《山鬼故家》以后,她的出现在当日好比是一道天边的彩虹:绚烂、奇妙,甚至诡异,而且来得突兀。我们对她的到来毫无准备,那时我们正沉浸在新诗潮变革的兴奋与狂热中,我们的诗歌思维中装满了意象、象征、变形、建构、现代主义等等的热门话题,我们对灰娃非常陌生,一般也不会特别的关注。

　　但我终于有机会认识当日在校园擦肩而过的这位有点神秘的女同学了。认识她是通过她的诗,而读灰娃的诗也如读她这个人,简直就是一个历险的过程。在当日的诗歌狂潮之中,灰娃完全是"个别的另类"。她不仅带来了我们完全陌生的诗意,而且也让我们看到远离我们熟知和理解的别样的生活、别样的世界。那是山鬼居住的地方,这山鬼,还有这文豹("一只文豹,衔一盏灯来")①,我们似乎曾经在楚辞中遇见过,它们都是屈原曾经的吟哦。灰娃的诗有这些古旧的因素,说明她的诗歌元素中有很多古典的意蕴,借用她说的话,是"一身前朝装扮"②,古旧,斑驳,当然也庄严,再加上她的现代的意识和外来文化的影响,这就使她的写作充满了瑰丽和神秘感。

事情于是变得相当地复杂了,这无疑增加了我们阅读的难度:灰娃是当代人,和我们生活在同一时空,而且是曾经的"小延安",有过充满传奇色彩的阅历,还是名牌大学的外语系学生,当然,更为重要的,是她患过严重的忧郁症,被论者称之为"向死而生"③的人。但是她的诗所展现的精神境界比这还要复杂,也展现出更多耐人寻思的丰富性。灰娃濒临过死亡,当时留有"遗言",要烧毁所有的诗篇,不留下任何的痕迹,然而,竟然奇迹般地被留下了两首"遗作"④。这就是后来我们读到的两首。这些经历,再加上她始于痛苦而终于幸福的婚恋,这既使她的诗充满苦情,又使之蕴有偶见的欢愉。读灰娃,是在读一本丰富而难解的书。

首先,她表现苦难,她的年代是严酷的,陕北的乡间,忧患的童年,拖着小辫的小小年纪就穿上大号的不合身的军装。在延安,人们哄着、护着这个小女孩,她理所当然地适应了也热爱了这样的环境,但她依然惦记着挥之不去的噩梦,只因"黄土掩埋着整段整段的旧梦"⑤,使她的诗频繁出现故园、墓地和死亡的意象,使人产生无尽的伤感。充盈在灰娃诗中的还有兵燹,匪患,离乱,以及颓井残垣。这背

---

① 灰娃:《不要玫瑰》。
② 灰娃:《乡野风》。
③ 王鲁湘语,见王鲁湘为《山鬼故家》所作文。《山鬼故家》,人民文学出版社,1997年7月。
④ 灰娃病重时,曾言要烧毁所有文字。但在处理"遗物"时,她的甥女还是为她留下了两首诗篇,这就是《我额头青枝绿叶》和《墓铭》。
⑤ 灰娃:《土地下面长眠着……》。

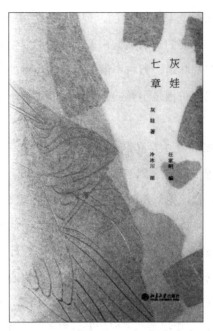

灰娃诗集《灰娃七章》

后有诗人久远的记忆，记忆属于她，也属于她所经历的时代："我不安的心，神秘音信摇荡　我细听梦碎，亲历故园倾圮，心的家园已被荒凉阴影席卷　只有永恒的夜唤醒往日的梦"①。

对着无边的苦难，对着旷古的哀愁，对着世上人间的"莫名的惊恐"，还有美丽，以及神秘，诗人的思忖充满迷茫："暮霭沉沉，弥漫在我们村子，巨大的阴影，我怎能说得清，怎么能说清，你无处不在，无边无形，你那世态人情千头万绪，离合悲欢随流光逝去，你的陈年轶事代代相传，你的忧患叫人捉摸不透"②。这个"你"是泛指，也许是苍茫无边的万事万物，是神秘的主宰，说不清的不仅是现世的苦难，

---

① 灰娃：《记忆》。
② 灰娃：《我怎么能说清》。

说不清的还有悠长的思绪，历史的，现实的，关于革命，关于信仰，关于公平和正义，人间的一切烦恼，天上地下的众生万象，还有炊烟的熏香，一丝苦艾的味道，万古不散的幽灵，尘世的惆怅苍凉，都在她的追问中。思想上仿佛是不羁的奔马，她的思绪千丝万缕，她的诗句缠绵而纠结。

在最新的这部诗集中，传统的北方农事的抒写仍在继续，诗行间依然是"灵魂祷告声漫空飘忽"，无论桃花流水，秋容恬淡，无论风停日午，明月高悬，她依然听见若有若无的灵魂哭泣声，哭声中出现的情景定格在永难磨灭的一幕：忽一日夜半，一队士兵荷枪实弹闯进村庄，抓去齐家独子，拉走谢家兄弟，那一夜无人入睡，哭到天明……[①] 苦难是挥之不去的深沉的记忆："从农人心里抽出愁绪丝丝缕缕，漫空摇曳回旋"，艰涩，寂寥，却庄重，绵长，有着"野薄荷辛甘清冽的味道"，她写那些漂泊无所的游魂野鬼，苦难是如此深邃，她的诗风是如此的凄厉，寒得彻骨的凄厉。

以上所引，大抵为泛写，而献给张仃先生的那一组诗篇，则是实写。亲人离去，痛不可言，忍泪伤心，不知"伤有多重痛有多深"[②]！灰娃为悼念张仃写了一首又一首诗：先生脑中风抢救四个月至先生逝世日，先生逝世当年秋日，先生逝世七十日祭，先生百日祭，先生周年祭，先生五周年祭，她都有诗记他、念他，诗是灰娃的一瓣心香。燕山余脉的那一座房舍，是她和张仃先生童话中的"大鸟巢"，那里的空气中充盈着"马蒂斯均衡、明朗的调子　惠特曼波动扩展的海洋气概"[③]。先生的烟斗在西山薄暮的客厅里一闪一闪，那都是昔日的通常情景，如今竟成了这般遥远的追念——

[①] 灰娃：《灵魂祷告声漫空飘忽》。
[②] 灰娃为张仃先生逝世七十天所作诗题。
[③] 灰娃：《童话　大鸟巢》。

>   神的启示神的意旨
>
>   于你肺腑隐埋歉疚禀赋
>
>   天意深植你一副恻隐敏感之灵性
>
>   神把自己性灵附身与你
>
>   赐你这等幽玄秘事,人不可会意
>
>   哎,善美尊贵早已皆属负面割除之类
>
>   月桂树橄榄树菩提树被砍之前
>
>   我们满心一弯新月伴着
>
>   一天大星星纵横穿梭回环旋转
>
>   神赋予你这秘事天意
>
>   今夕又容身何处?
>
>   这黯夜到哪里去栖息?①

　　这诗句摘自灰娃为张仃先生五周年所作的诗篇。灰娃和张仃相伴经年,琴瑟和鸣,他们因此拥有了晚年的幸福,他们的结合更促进了诗和绘画、书法的完美融汇。如今的灰娃又把痛苦和孤独留给了自己。今夕容身何处?问的是先生,也问自己。他们毕生所祈求和信守的善美尊贵,在这茫茫的黯夜又能在哪里栖息!灰娃的思考是浩渺而绵长的,她没有答案,最后还是把"说不清"的问题留给了我们。

　　灰娃的诗歌语言是独特的,古典的含蕴,雅致的词汇,时有突兀的字词自天而降,时而也有不遵习惯的表达,给人以完全陌生的冲击。几年前我就惊异于她的这种有别于众的诡异的诗风。在当今中国诗歌写作中,千篇一律和千人一面的倾向所在多见,而灰娃是独一无二的,她只是她自己。在写作风格上,没有一个人像她,她也不像任何一个人。她只按照自己的方式写,她就是唯一的"这一个灰娃"。要寻找

---

① 灰娃:《童话　大鸟巢》。

灰娃诗歌艺术的来龙去脉，可能是徒劳的。在她这里，我们几乎找不到她受到别人的任何直接影响的痕迹，也找不到她与任何前辈诗人的"师承"关系的痕迹。我不愿武断地宣称灰娃的诗歌是"无师自通"，或者称她为"天才"，但我的确惊异于她的这种无可替代的独立性。

　　我曾用"神启"两字形容过灰娃的写作，现在看来，也还是这两字对她较为合适。都说艺术创作有它产生的背景，都说艺术是传承的，但说实话，这些"通识"，用在灰娃这里却不甚妥帖。中国诗歌界有很多的群体和流派，但灰娃不属于任何群体和派别，她只是孤独的"这一个"。从她的出现到现在，孤独始终伴随着她，而孤独不仅是诗人的宿命，还可能预示着诗人的成熟。毫无疑问，灰娃的诗是丰富的，但即使我们不谈她的诗，她的经历也有极大的传奇色彩。关于灰娃，我们可以谈论很久。我想说的是：灰娃是一本极有吸引力的、而且是有高度和难度的书。

2016 年 4 月 8 日于北京大学

送她一束红玫瑰

灰娃把一生中最美好的时光献给了苦难的年代。当年的如花少女，没有蝴蝶结，也没有花裙子，她选择了一身臃肿的棉军衣。延安的小米饭让她感到幸福，这可能是世上最美好的食物。她接受了这一切的艰难，她热爱这一切，因为她有同样美好的关于明天的想象。

走出延安，伴随着漫天的烽火，自晋冀鲁豫一路走向京沪杭，她把青春的脚印打在大进军的路上。那是灰娃的青年时代，但她对到临的新生活有陌生感，她拒绝，畏惧并产生疑虑。她因得了重病而住进了先是南京而后是北京的军医院。要是不计算她病愈在北大俄语系学习的五年，灰娃和我们的隔绝至少是十多年或者是二十多年的漫长的日子。

灰娃的重新出现是在一个盛大的诗潮退潮以后，我发现在有点冷清的沙滩的一角留下了一只彩色的贝壳。灰娃不声不响地走出了她的"山鬼故家"。她向我们捧出她的这本诗集时已不年轻。北大培文版《灰娃七章》的封三折页上，有两句短语记载了灰娃奇异的生命经历："1966年'文革'中患精神分裂症"，"1970年于病中非自觉地开始写诗"。是一种大忧患后不由自主的一种写作，我把她的这种写作称为"神启"。

灰娃病重时曾有留言,要烧毁所有诗作,而她的亲人意外地留下了两首残篇。其中一首是《墓铭》:"生而不幸我领教过毒箭的分量　背对悬崖我独自苦战","我抵抗生命陡峭的风浪,一人　流尽人间眼泪,只剩些苦涩回声"。坚强的灰娃一边抗拒苦难的袭击,一边让死神为之却步。诗歌使灰娃重生。王鲁湘称之为诗人的"向死而生"。

灰娃没有向我们解释,她为何写诗,怎样写诗,又为何发表诗?我知道她是寂寞的、孤独的、唯一的"这一个"。她不为人知,不关涉任何群体,也不关涉任何流派,甚至很难找出她的诗歌的"师承"的痕迹(当然我知道她有深厚的中国古典和外国诗歌的涵养,但她的诗的确不模仿任何人,她只是这样孤独地写作)。在读到《山鬼故家》之前,人们不知道中国有一个灰娃,更不知道有诗人灰娃。

谢冕向灰娃献花

一个遗世独立的灰娃，告诉我们"寂静何其深沉"，告诉我们"月流有声"，告诉我们"故园挂满蛛丝　晨露闪射冷意"，告诉我们往昔井底水桶击水的清亮声音，还有，"头顶旧梦婆娑，心中莲开又莲落"。那苍凉忧郁的幻影，那万古不散的幽灵，那炊烟的熏香，一丝苦艾的味道，尘世的惆怅苍凉，她告诉我们这一切，最终还是留下惊人的一句："我怎么能说清。"她的诗有点神秘。

灰娃一再声称，不要向灵魂叩问，不要玫瑰；你不要往浓雾里飞，也不要贴近燃烧的玫瑰，玫瑰燃烧会撕裂你脆弱的心。但是，为了她的诗，为了她表达了自由的心灵，为了心灵中保存着的深沉、纯净的爱，我们还是要送她一束红玫瑰。

2016 年 12 月 29 日于昌平北七家

在李瑛诗歌研讨会上的发言

李瑛先生的诗歌创作始于上个世纪40年代。到本世纪第一年的《倾诉》，他已经出版了48部诗集。他是中国当今诗人中为数不多的创作时间跨度最大、创作实绩最为丰富的诗人之一。李瑛的大量作品产生在20世纪中国社会发展最复杂、创作环境也最为险恶的时期。他的创作基本上贯通了中国从寻找到实行现行社会制度的孕育、成长、发展到调整的全过程。其间有过一些停顿，也留下了一些空白。最长的一段空白是60年代中叶到70年代初叶大约十年的时间，也就是通常所讲的"空前浩劫"的那一段时间。这些空白也有它的意义，说明中国社会行进中的艰难和所达到的酷烈的程度。所以，我们今天读李瑛先生的诗，仿佛是在读中国现代社会的历史。我们从它的连接和断续中，会得到一种非常丰实的关于社会的、政治的，以及人们思想情感的诗意的启迪。

李瑛先生是军旅诗人，但又是从学院走出来的。他的诗不乏军人的英雄气，又拥有知识层的儒雅风格。他在用诗歌的形式表现中国军人多姿多彩的生活以及内心丰富性方面，是成就最卓著的一位。李瑛在开掘一般被认为是枯燥单调的军队生活的内在情趣、以及浩瀚而广阔的军旅诗情方面，作出了独特的贡献。在军队、乃至在全国范围，李瑛的诗风影响了整整一代人。他的诗大致表现的是军人生活所具有的壮怀激烈，举凡守疆保国、行军野练、风雪雷霆、刀光剑影，这一切的雄伟壮丽都被他表现得精致而优美。李瑛的诗在内容方面大体都是大的题材，尽管在他的诗中也不乏对于精微的小场景的描写，但无不涉及英雄气概和报国热心，在他的诗中几乎找不到目下大面积弥散的绝对私人化的情节。

李瑛无疑创造了仅仅属于他自身的审美风尚。这种风尚简而言之就是，大视野和大胸襟与精致婉转的艺术表现的结合。几乎李瑛所有的诗都能说明这一点。在中国诗歌界，他是一位独特的诗人。就诗的内容而言，有一种"大江东去"的雄健，就诗的艺术而言，却不乏"晓风残月"的情致。在这里，我愿随手举一个例子来说明。近作《一只山鹰的死》写的是"划出的最后一道弧线，终止在铁青的石灰岩上"，一个雄伟壮丽的生命结束在"野花盛开的地方"。这是"一块长翅膀的石

左起：李瑛、岩佐昌暲、谢冕

头","如一声落地的雷",这死亡"震颤了大峡谷"！这一个关于死亡的描写,既表现诗人的雄健,也表现诗人的委婉。这种独特风格的形成,有诗人深厚的审美理想的支撑,也由于他的那种来自学院、又长期服务于军队的特殊身份的约定。

李瑛创作的大多数岁月,是中国社会急剧变化而充满动荡的岁月。周围的一切喧嚣和不宁,敏感的诗人不可能没有感知,但李瑛似乎更愿意看到生活中的华美和静谧。这使他宁肯放弃一切,而不愿放过哪怕是透过无边黑暗的一丝光影。在黑暗的年代,他寻找光明,在周边无限的悲哀中,他祈求甚至设定某种华彩。这是诗人最后的坚守。我把这叫做缝隙中的寻求。也许有的人会因为诗人未曾充分表现苦难而不满足,但我依然理解这一切。有各种不同的诗人,有的人看到苦难并表现它,有的人同样看到了苦难而不直接表现它——他更愿意表现他所愿意看到的那一切,并以他所愿意的方式表现那一切。

世界是多样的,诗人也是多样的。因为有各种各样的诗人和诗,我们的世界才变得这么精彩。

2002 年 4 月 19 日于北京大学畅春园

他开辟了另一个审美的空间
——贺《李瑛诗文总集》出版

    李瑛出现在中国社会方生未死的重要时刻,他的写作结束了战争时代未能回避的、可以说本有的粗粝本色,他在沿袭战时诗歌雄健风格的同时,坚持并引领了细致、华美的诗风。他的诗开辟了戍边卫国的士兵心目中的一片新鲜而美丽的天空。

    李瑛在诗歌界兼有知识分子和军人的双重身份,他是战地记者又是军旅诗人。他在硝烟尚未散去的疆土上几乎是第一次从精致细腻的向度,发现并审视被战云遮蔽的美感的时空。他能在大进军强烈的节拍中,寻找近于婉约的韵致,他成功地糅合了雄壮与轻柔两种貌似对立的审美取向。他在光明与黑暗、战争与建设的间隙里创造了一种诗的雍容与华贵。当然,这一切包容并体现着李瑛一贯追求的战士情怀。

    他的诗影响了共和国整整一代诗人,特别是更加年轻的军旅诗人,许多年轻的歌者,沿着他辛勤的足迹走向成熟。尽管在他漫长的创作生涯中,仍然充斥着对于诗歌的误解与偏见,尽管他的创作环境长期以来充满了禁忌,但事实证明,他的坚持与追求得到了时间的认可。

2011 年 1 月 6 日于深圳旅次

辑三 往昔

迟到的青春祭

——沈泽宜周年纪念，兼怀张元勋、林昭

几次提笔，思绪万端，不知如何落墨。青年时代的朋友，一个个都走远了，他们已读不到我的文字，我是有点悲哀了。记得当年，我们青春年少，雅聚燕园，诗文相许，天下为怀，是何等的文采风流？同学中沈泽宜来自江南，能歌、善舞，写一首好诗，文笔漂亮，朗诵也是一等的，典型的一个江南才子。那时周末总有舞会，有时不止一场，大、小饭厅的舞会规模最大，可容千人，一体（第一体育馆）、二体（第二体育馆），也都有，规模略小一些。舞会一般是学生会和团委组织的，自由参加，不收费。那时沈泽宜舞姿翩翩，总是舞会中的王子。他一表人才，加上才华横溢，很赢得女同学的欢心。我非这里的常客，多半只是热情的旁观者。

认识沈泽宜是在北大诗社。我入学的第一个学期就成了诗社的新成员，受到包括沈泽宜在内的老社员的欢迎。沈泽宜和张元勋是同年级，1954 级，比我高一届。林昭也是中文系，也是 1954 级，但与我们不是一个专业，林昭是学新闻的。诗是我们友谊的纽带，我们在北大诗社成了朋友。以后创办《红楼》，我是诗歌组长，他们成了编辑和作者，我们依然是北大"诗歌界"的朋友。50 年代中叶，正是百花时

代，反右还没开始，有点歌舞升平的样子。那时我们踌躇满志，课余经常为诗聚会，或是编务，或是约稿，有时则是"相互切磋"。日子是无忧无虑地过着。

到了那一年，欲说还休的1957年。因为毕业班的同学即将离校，我们有了一次颐和园之游，算是离别前的一个聚会。那次郊游张元勋和林昭参加了，沈泽宜没参加。大家尽情地享受着昆明湖早春的宁静，谁也没有预感到一场暴风雨即将来临。我们还是尽情欢乐。这是1957年的5月19日。我们在排云殿前照了一张"红楼"同人的合家欢，林昭带来了那时算是高端的120照相机，她是我们的摄影师。那张众人簇拥在石狮周围的合影里没有她，她因摄影而在画面外。

颐和园归来已是黄昏，当晚有全校大会，一位校领导作报告。大家一如既往端着个人自备的木凳，散坐在大小饭厅之间的树下听会。树叶绿了，天已暖和，可以感受到春风和煦的意味，一切都是平静的。事情就发生在报告会后，同学们开始对报告的细节提出质疑，大饭厅前出现了大字报。在这些大字报中，最显眼的是一首诗歌：《是时候了》，作者就是沈泽宜和张元勋，我的两位诗歌朋友。诗中有这样的句子："我的诗/是一支火炬/烧毁一切/人世的藩篱"；"我含着愤怒的泪/向我辈呼唤/歌唱真理的弟兄们/快将火炬举起/火葬阳光下的一切黑暗"。

这个夜晚，这首诗，后来被称为是"右派向党进攻的信号"。而这首诗的作者竟是我当年亲密共事的同窗。我记得，当日猝然的反应中我是有点惊恐（为他们的激烈），又有点内心的敬佩（为他们的勇敢）。在那个年代，在我的有限经历中从未有过这样的局面，我的内心的复杂可以想见，而我的复杂心境中又夹杂着对他们的担忧。后来的事实证明，我的这种担忧不是多余的，事情的严重性远远地超出了人们的想象：一场惊天动地的风暴不期而至。严重的"反右斗争"于是开始，我们的青春梦想开始破灭。记得这一年年初《红楼》创刊，急切中

1957年5月19日在颐和园,前左二谢冕、左四张元勋、中右一林昭

选用了一幅国画做封面,那画的题名是:"山雨欲来风满楼",不想竟是一语成谶!

沈泽宜和张元勋先后陷入危境。但他们并不止步,接着又办起了《广场》,更加引人注目了。他们抗争着,而后则是挣扎着。他们陷入无休止的被批判、被斗争的漩涡中。而我们这些侥幸者作为"人民",我们的处境也并不美妙,我们也是自觉或被迫地与他们"划清界限"。

事实的严重性是我们这些涉世未深的青年所难以预料的：白天还是一道嬉游的朋友，一夜间就变成了"敌人"！这在我们的青春时代，简直就是一场噩梦！没有经历过1957年夏季的人们，完全难以想象我们当年的幻灭感。

林昭在反右开始时并不激烈，她同样地陷入了内心的深刻痛苦之中。在《红楼》编辑部的"声讨会"上，她针对张元勋发言说，自己有"受骗"的感觉，一语道破了她当时爱恨交加的心境。情况继续恶化，终于有一天，她控制不住而爆发了。她站上露天的演讲台，向人们披露自己的内心，这就是当日被广泛流传的她的"组织性和良心矛盾"说。林昭从此走出了觉醒与抗争的第一步。而我们，至少是我本人，只是在心的深处暗暗地倾慕着，为自己的朋友骄傲——她说的，也是我们想说而没有勇气和胆量说出的。

此后的一切，人们大体都已熟悉：张元勋被逮捕，在监狱待了多年，刑满安排在监狱"就业"；沈泽宜在全校大会"坦白交代"，而后被发配去了陕北，又几度入狱；至于林昭，走得比他们还远，先被划为右派，上书，入狱，再上书，再入狱，最后以一颗子弹惨死刑场。他们先后经历了人生的大悲哀，大惨烈。张元勋后来成家，有妻儿相伴，晚年还算平遂。林昭终生未嫁，爱过，被爱过，但作为女性，她没有成为妻子，也没有成为母亲。他们的青春年华，被无情的现实夺去了，留给他们的是让人唏嘘扼腕一声长叹。我们当年，被不断地灌输说，青春应当如何如何，年轻的时候轻信，其实，并不如何如何，青春易逝，悔恨无及。

沈泽宜经历了无尽的苦难，终于回到湖州老家。那时老母和小妹尚在。回来时没有名分，他被安排在街道做粗活，挖地沟。虽苦，但毕竟还有家的温暖。后来，母、妹相继去世，他孑然一身，伴随着他的是无边的孤寂。落实政策是后来的事，他本来学业优秀，有精深的学养，理所当然地当上了教授，讲授古典文学，有关于诗经等的专著出版。他

沈泽宜与谢冕

热爱诗歌依旧,又专注于诗歌创作,在他的周围很快就凝聚了一批诗人,他成为了其中的核心人物。本世纪第一年,第一届新世纪现代诗研讨会在湖州召开,是由他一手筹划的。以后几年,他都热情地参与了各种诗歌聚会。他依旧舞步轻盈,歌声激扬,但他寂寞依旧。

他依然憧憬着年轻时的梦想,娶一个年轻美貌的女子为妻,过一种有着文人雅趣的诗意生活。但岁月无情,年华已逝,如今的沈泽宜毕竟不是当年北大舞会上的沈泽宜了,他为自己设了一个很高的门槛,他不肯降格以求,于是他只能这样的孤寂终生。我读过他的许多情诗,在诗中我认识了他的"西塞娜"。我相信这些诗所写的,有的是"实有",有更多的是"虚有",他是太寂寞了,他只能以这种"假想"的方式来慰藉自己。我常想,他有那么多的梦想,又吃了那么多苦,上天应当格外眷顾才是。然而,没有。天道不公!他只是寂寥地一人独行,直至生命的终结,令人不能不为之叹惋!

湖州因为有了沈泽宜，那里的诗歌活动充满了生气，而且在他的提携和影响下新人辈出，他无疑是那里的诗歌领袖。在湖州，我在一些发言中不讳言对他的褒扬和感谢之情，我想也许唯有诗歌，能给他以慰藉，唯有诗是他在人世的最爱。他把自己的生命留在了家乡的大地。他因他的诗歌而无愧于家乡。由此我悟到一个道理，一个地方，只要有一个人领头，那里的诗歌就会蓬勃发展。这些年我与他经常在一些诗会上见面，那年在武夷山，他带病参会，那年在莫干山，他与我一同接受萧风的专访。江南山水留下了我们的足迹。我们的友谊是在青年时代结下的，我们把青春留给了那个欲说还休的年代。我们为我们共同的青春祭奠，尽管这个祭奠迟到了至少六十年。

2015 年 11 月 25 日于北京昌平北七家

玉取其润，石取其坚
——庆贺《孙玉石文集》出版

2010年北大中文系有一个长长的节日庆典活动。这年初始，举行了中文系百年庆典的"开幕式"——林庚先生百年诞辰纪念会。林庚先生与中文系同庚，今年也是一百岁，我们为敬爱的先生举行了隆重的纪念会。林庚先生代表了北大中文系的传统精神，我们纪念他，是为了继承和发扬这种精神。现在已是岁末，岁末是庆祝丰收的季节，继洪子诚先生学术文集出版之后，我们今天又迎来孙玉石先生文集的出版，这同样是一件值得庆贺的事。

我不知道十二月份系里是否还有重要的活动安排，但在我的内心是把孙先生文集的出版看成是中文系百年庆典的一个美丽的句号。由林庚先生那一代老师辛勤培育的像孙先生这样的后辈学人，如今正以他们的丰硕成果回报老师。他们的骄人业绩说明着，也验证着中文系的书香悠远、文脉昌盛。所以，我认为我们今天的研讨会具有象征意义：它是一个总结，更是一个开始——我们在共享孙玉石先生丰盛的学术成果的同时，更期待着年轻的学人发扬前辈学者的学术精神，做出超越前人的成绩。

《孙玉石文集》发布会暨学术研讨会

我和孙玉石先生的友谊迄今至今已逾半个多世纪。虽然我们曾在荒唐的岁月，做过一些违心的荒唐的事，但是北大对我们的影响是正面的和长远的。我们这一代人的成长虽然坎坷曲折，但是我们始终不忘北大给予我们的深刻启示，那就是始终坚守严肃、认真、求实的学术精神。在这些方面，孙先生实践最有力，也最全面。论年龄我虽然比他痴长几岁，论学术私心里却始终奉他为学业的楷模。

他的学术视野比我开阔，涉及的领域也比我宽广。我基本上只是守着当代新诗这个小小的角落，做着一些力所能及的鼓吹与推广的工作。而孙玉石不同，他的研究不仅涉及新诗，而且致力于鲁迅和现代文学史的研究，他的研究是全方位的。孙先生对自己的学术预设是明智而坚定的，他深知鲁迅在整个现代文学史中的地位，也深知《野草》在鲁迅研究中的地位，他的学术攻坚战首先锁定了鲁迅的《野草》。这体现了他性格中的理性、冷静和坚定。

孙玉石的《野草》研究起步很早,在当代的《野草》研究者中,他可能是写作并出版《野草》研究专著的第一人。要是因为我的孤陋寡闻弄错了,至少,他的野草研究也是此中最深厚的集大成者,国内鲜有出其右者。这说明他的学术研究起步不凡。

因为这不是我的专业,不敢对他的鲁迅研究妄加评论。记得不久前在中文系百年系庆的纪念会上,作家刘震云一言中的:"孙玉石先生是世界上最懂鲁迅的人之一。他曾经比较过鲁迅先生和赵树理先生的区别。他说赵树理先生是从一个村儿来看这个世界,所以写出了小二黑、李有才,但是鲁迅先生是从这个世界来看一个村,所以写出了阿Q和祥林嫂。"[①]学海浩渺,往往是能被人记住的三言两语最体现水平。

诗歌研究是他的强项,他致力于现代诗歌史的整体把握,他非常重视基于历史维度的梳理,就此进行规律性——特别是在审美层面上——的归纳整理。他十分注重史料的鉴别考订,尤其重视新资料的发掘和辨正。这些资料都来自第一手的原始报纸杂志,都是他点点滴滴地收集整理出来的。由于长期艰苦的实践,终于形成了目下这种动人的学术景观:即融历史、审美、史料与考据于一体的研究格局。这是孙玉石诗歌——学术研究有别于人的最基本也最重要的特色。

孙玉石还是现代解诗学理论和实践的全力倡导者。他系统地整理和归纳了现代解诗学的理论主张,并且予以深入浅出的阐释。他不仅自己身体力行,而且组织引导学生参与对诗歌经典的解读和阐析,在对象征派和现代派的经典的导读方面,他着力最多,功效最著,从而也为我国的新诗研究以及新诗的接受和普及作出了重大的贡献。

孙玉石是一位低调的、不事张扬的、默默工作的学者。在同辈学人中,他是最勤奋、最用功,也最具创造力的一位。他最让人钦佩的特点,是一旦锲入,就不离不弃,穷力而为,直至达到目的为止,这就需

---

① 刘震云:《作家是否上过北大是非常重要的》,见《中华读书报》2010年11月3日。

要甘于寂寞的巨大定力。孙玉石做事上心，他总是夜以继日，不折不挠，而且往往是在健康透支的情况下拼力而为。我认为他是从自己的名字中取了石的品格，即，学术工作中的坚定、坚强和坚忍的精神。

但他本质上更是一位诗人，从青年时代直至今天，他都在写诗。他虽是北方人，却不乏南方人的细致、周密和感性。他是一位重情感的人，对师长、对同事、对学生和家人，他的内心充满了温情。所以，我又认定：他一定是从他的名字中获取了玉的精神，即玉的温润，这一点不仅是在对待人际关系的方面，甚至是在对待文字和文本方面，他不仅对之充满了敬畏，甚至充满了温情。而后者却是不易觉察的。

我和孙玉石是老朋友了，不说一般的客气话。就以小文的标题：玉取其润，石取其坚，为文集的出版致贺吧！

2010 年 11 月 26 日于北京大学英杰中心

朋友如酒，久而弥醇

孙玉石文集出版的时候，我有一个发言，我拆解了他的名字：玉取其润，石取其坚。我想以此概括他的为人以及他的治学，一方面是温润的，一方面又是坚定的。我不知道，是适当的命名影响并形成了他的性格，还是当初他的命名者预言了他的未来？都说文如其人，在这里，却端的是名如其人。孙玉石是一个内敛的人，行事，交友，治学，他都是低调的。平日言语不多，静如止水，内心却是一团热火。初识者可能不知，相处久了方能知晓。

孙玉石把全部生命默默地贡献给了教学和学术研究。思考，写作，再思考，再写作，这几乎就是他的生活的全部。日复一日，年复一年，这是他享受生命欢乐的基本方式，从青年时代一直到如今，他乐此不疲。陈平原在一些场合以我和孙玉石、洪子诚三人为例，说退休不等于学术活动的停顿或终结，反而比退休前更有精进。三人中孙、洪二人是，而我则非，我不如他们专注。孙、洪两位是在退休之后开始了他们学术生涯的又一春。

今天的聚会，谈论的是孙玉石的学术思想，许多朋友和学生都将有精彩的发言，我对孙玉石丰富的学术并无专攻，认识是肤浅的。在这里，我只能就我和孙玉石长达一个甲子的同窗、共事中，谈谈我对他的感受。会议的通知中提到王瑶先生，他是中国现代文学学科的奠基人。我们都是王瑶先生的学生，王先生的为人和治学无例外地深刻地影响了我们。但在同学中，我以为得王先生的"真传"的，孙玉石是第一人。他的治学的开创性和敏锐性，掌握资料的广泛、深入、全面性，特别是在治学的严谨方面，他直接秉承并发扬了王瑶先生的传统。

孙玉石最可贵的品质是他对学术的极端的尊重和敬畏，最让人敬佩之处也在此。如同眼睛容不得半点灰尘那样，他在学术上容不得半点轻率和差错，经常的情况是，在众人轻忽的地方他会严肃地指出"硬伤"。他口无妄言，他会指出某刊、某版、某文、某页，如何说。言之凿凿，不容分辩。与他相久了，深感他的这种"认真"相当"可畏"，即使我们是同学，平辈，可是面对他的"较真"，仿佛是当年面对老师王瑶那样。他是真朋友，是可以信赖的"畏友"！我说这话，毫无夸张之意。在座的只要与他有过共事的经历，一定会感受到这一点。

最让人感动的是他对王先生亲如父子、更甚于父子的师生情，他始终侍奉在导师身边，特别是在王瑶先生最困难的日子里，直至那年冬天先生在上海度过的最后的日子，他都陪侍在侧。王先生平生一定有过诸多的艰难时刻，而在这样的日子里，他会得到许多的安慰，我想，最大的安慰应该是来自孙玉石的。师生情重，同学情重，前面说到他的为人低调，即使在涉及情感的深层面，他也是如此的内敛，不张扬。这一块温润的玉石里边，燃烧的是炽热的火焰。

这里我要说说一段往事、那年我和他在青岛差点双双"罹难"的经历。上个世纪80年代，那一年的某一天清晨，我们在青岛的讲学结束了，我们当天就要返京。我和他相约离开前一起跑步去八大关。清晨，我们从住地跑到了第二海滨浴场，上了防洪堤，跑到堤坝的尽头。眨眼的工夫我们两人都被突来的巨浪卷入海中，孙玉石水性好，有经验，在紧要关头他大声呼喊：谢冕，回头，赶快抓住防鲨网！防鲨网就在不远的身后。第二个浪头卷来的时候，我已有了支撑。鞋子被卷走了,浑身是血。我们活下来了。

事后我们都有点后怕,孙玉石对我说,我无所谓,你比我重要,中国诗歌不能没有你。这种贴心的话让我非常感动。在平日,他很少这样表达情感,他的火,是埋在心的最深最深的地方。青岛归来,有一天和年轻的朋友聚会,座中有北岛,他敏感地问我,是哪一天?星期几?我答:八月十三,星期五。北岛说,这一天很不好。我回想,关键时刻,是孙玉石提醒了我,没有这种提醒,也许我这个生命早在三十多年前的青岛就结束了。而且,事后,他还说了那样动情的话,他的话温暖了的我一生。

朋友是终生的财富,他会在适当的时候提醒你,护卫你,学术上如此,为人上也如此。真正的朋友不会庸俗地奉承你,他在关键时刻提醒你,纠正你的错误,甚至挽救你的生命。他是你伴随终生的一团火,一面警钟。我和孙玉石的友谊是在上个世纪 50 年代结下的,一起编写文学史,后来一起做诗歌研究,我们退休之后还一起做诗歌研究,我们的友谊持续到今天。数十年中,我们一起学习、工作,在我,也是默默地学习他的长处,接受他的提醒,这一切,用的是发自内心的敬重和敬畏。

          2015 年 11 月 14 日于昌平北七家

在一个美丽的地方开一个美丽的会
——黄山奇墅湖祝词

今天的会场上有老朋友，有新朋友，有大朋友，也有小朋友。此刻坐在我近旁的是孙绍振，他的左边是张炯，再过去是闫国忠，加上那边坐着的陈素琰，我们五个是北大1955级同学。挨着陈素琰边上的是骆寒超，他是南京大学的，不是一个学校。我们几个是同代人，都是（或接近）"八零后"，是老朋友。再看会场右边，是吴思敬，那边，是汪文顶，虽然是相识已久的朋友，但委屈他们，按年龄只能算是小朋友。至于伍明春、赖彧煌、连敏等等，那只能是小小朋友了。

今天，我们在美丽的黄山脚下讨论一个美丽的题目，我们讨论的对象是孙绍振先生。他的生命犹如黄山上面的奇松、怪石、云海，非常美丽，不仅是一般的秀美，而且是极美，是奇美。孙先生的生命是一道奇美的风景！时光匆匆地走过了一个多甲子。几十年过去了，当年的同学少年，如今已不可抗拒地生起了满头白发，只有骆寒超例外，他的黑发令人羡慕。但我们依然"年轻"，因为有孙绍振这颗奇美的灵魂始终陪伴着我们、激励着我们。

我们要讨论的孙先生，首先，他是一个才子。在我们55级，有许多这样的才子和才女，但孙绍振始终是个别的、与众不同的"这一个"。今天我的发言可能要追溯一个遥远的年代,讲一些大家不知道的"开元天宝"年间的陈年旧事。正所谓:"白头宫女在,闲话说玄宗。"20世纪50年代,上面号召做"驯服工具",孙绍振不想被"驯服",更不甘心做别人的"工具"。上面还提倡人人做一颗螺丝钉,被死死地拧在一颗螺帽上,孙先生更不愿意了。在1956年,他提出大学生要有叛逆性格,理所当然地在团支部受到了批判。他要动,要不停地动。他要做一部机器的发动机。

不听话的孙绍振,他是一颗自由的精灵,个性突出,充满奇思异想,他总要找机会彰显自己的个性。每天下课回来,他总会在走廊里高声朗诵马雅可夫斯基,也会用尖细的、公鸡一般的嗓子唱俄国歌。这时,同学们都露出笑容:猴子回来了。孙猴子,这是同学们给他的昵称,不仅因为他姓孙,而且因为他不安分,总想大闹天宫。须知,

1980年代初,左起:陈素琰、孙绍振、谢冕、吴思敬

那是一个严格控制思想言论的禁锢的年代，所以，一开始，他就是生不逢时的"异端"，是不同凡俗的"另类"。都说天妒英才，这回，上帝有了一个疏忽，他混过了鬼门关。尽管他始终处境艰危，吃了些苦，但他命硬，未遭天谴。

再一点，孙绍振的自信。在"不驯"中他常常流露出"目中无人"的"不屑"——尽管为了表示他的谦虚，他也常常有意地抑制自己。的确，他很少轻易地佩服过什么人。他好辩，口若悬河，往往语惊四座。我常说，他的最大优点是始终"自我感觉良好"。但遇见真正高明的人，他也会真心实意地佩服。有的人的自信是狂妄，是少年轻狂。孙绍振不是，他有本钱。他博览群书，而且过目不忘，难免也会有误，那是他过于"敏捷"了，这与他的生性活泼有关。他是不仅有"胆"，而且有"识"，他的"胆"，是建立在"识"之上的。

表面上看，他是学术的异端，但他有真学问，读马列，读《资本论》，是下过苦功夫的。在同辈人中，他的外语也好，英语和俄语。他是一个天才型的学者。他的阅读和研究，涉及面很广：文艺学和马列文论；写作学；诗学，包括新诗和古典诗学。大家可能不大注意，对于古典诗学他也有很深的造诣，举凡古典诗论、赏析、考订、文本辨析，等等；近年，他对中学和大学语文教学，对高考和教育体制的研究，涉及教育学，有更大的投入。当然，他在散文和诗歌的创作方面，也卓有成就。

至于他自己十分看重的幽默学，我却有点保留。即使他对幽默学的理论阐述，已是相当赅全，但就我本人的观感而言，在他颇为得意的认为精妙之处，我则往往不会由衷地发出笑声来。而且我曾亲历过他在几位女士面前被辩驳得哑口无言的惨状，最初的纪录是温小钰，后来是舒婷和荒林。要是循着这失败的记录往前追寻，就不难发现他非常得意的大作《美女危险论》产生的另一个背景。原来所谓的对于"危险"的认知，却是来自他曾经有过这种"屡战屡败"的经历！

左起:徐敬亚、谢冕、孙绍振

不能求全,谁都有这样的空当。何况,他已在那么多的领域做出了那么多骄人的成就!我的一个学生写过一本著作:"伟大也要有人懂。"我想把它看作一副对联的上联,我的下联则是:"自信也要有本领"——这是我为孙绍振的"自信"作注解的。

现在来说他的真性情。天真,浪漫,口无遮拦,却是一片真心和真情。孙绍振无可置疑的是一位"现代派"。他的祖籍是福建,却成长在号称十里洋场的地方,风流倜傥,浑身散发着洋味儿。但与他相处久了便发现,他的确是一位外表现代而内心传统的人,是由现代意识和儒家思想"杂糅"而成的"杂拌儿"。不知者以为他会几句外语,言必称希腊罗马,是一个十足的现代学者,其实,在他的内心深处是一位传统的中国文人。他奉行孝悌之道,曾被评为福州市十大孝星之一。

他天真,不懂现实的政治(后来慢慢懂了),因此吃过苦头。单以第二个崛起论为例，开始向诗刊投稿，因为言论有悖"正确"，遭到退稿。退稿也罢，后又来了阴谋，要了回去，孙绍振不知是阴谋，中计了。结果是被加了凶恶的按语，当作反面教材发表了。他是一个没有心机的人。再说他的真性情，他心地善良，总把朋友记在心中。当年我们六人合作写《新诗发展概况》，六人中殷晋培年龄最小，却是英年早逝。孙绍振记得这个"小上海"，他建议我们把《新诗发展概况》的全部稿酬，送给殷晋培的家属。他是念旧的。

一方面口无遮拦，一方面心如明镜，他有爱心，却也锐利。《白鹿原》名满天下，他不以为然；有位社会地位很高的北大同窗，其诗歌理解有异，他著文与之商榷。他不留情面，信守的是作为学者最重要的品质。至于我个人，得到这位诤友的教益也是多多，单举一例：他知道我的优点是从来不在背后议论别人，有一次（只有这一次），我在他面前说了某人的不是，他很诧异，诘我。经他指出，内心愧疚，为此终生铭记，立誓不再。

这次会议的最初提议者是诗人骆英，大量的组织工作是王光明和他的团队，中坤集团北京和黟县的全体人员全力支持了会议的召开。福建师大领导和文学院同人，更是"倾巢而出"为这位老同事祝贺。感谢他们为我们提供了向一颗自由的心灵，向一位有着黄山一般美丽的生命致敬和祝福的机会。我和孙绍振的共同朋友费振刚，要我带来他的祝贺，费振刚的夫人冯月华对我说，孙绍振是一个很可爱的人。

2015年10月23日凌晨，草稿于黄山奇墅中坤宾馆2288室
　　2015年10月27日，整理于昌平北七家

他的天空博大恢弘
——贺刘登翰

每年的九月开学季,总是校园里的一个盛大的节日。距今整整六十年前,1956年9月,我在校园里找到了刘登翰。朋友们告诉我,厦门来了个新生,是写诗的,他就是刘登翰。因为是同一个系,又是同乡,我们很快就成了朋友。从那时起,北大诗社,后来是《红楼》杂志,甚至北大校刊,都成了我们挥洒青春和梦想的园地。熟了以后,大家都亲昵地叫他"阿登"。当年的我们是何等天真浪漫,我们的友谊是与诗歌、艺术,以及我们的青春梦想联系在一起的。

时光不会常驻,相聚的时间很短暂。记得那年,我毕业后下放农村工作,随后一年,阿登也要毕业离校。要分别了,他从北大坐了火车,又乘长途汽车,辗转整整一天来到了我工作的斋堂公社。时近深秋,树木萧瑟,枯山寒水,我们上山摘了许多酸枣,想留下一些欢乐的记忆。天气是变得凉了,我们的心中充满寒意,就此一别,后会难期,彼此心中怀有隐隐的不安。这是60年代大饥饿的开始,再后来,就是那一场长达十年的"史无前例"大灾难。

此后的岁月,各人自有各人言之不尽的心酸和疼痛。我们这一代人,一切都与社会进退、国运兴衰相依为命,我们只是时代大潮中的一片叶子，命运怎么作弄我们，我们只能无可抗拒地承受。我本人在这段时间的经历，大抵可以归结为如下两点：一是无论让你干什么，就是不让你干你的专业；一是你可以无所作为，但你必须成为所有的政治斗争的对象。刘登翰大体也没有逃脱这样的命运，他在书中形容劫难之后的心境："将近二十年闽西北山区的基层工作，乍一来到学术岗位，竟茫然不知所措"。我们劫后归来，情况也大体如此。

这一切，似乎都与80年代有关。我们的80年代是重新书写人生的个人大变局时代，即使现在重聚，我们的话题也还是绕不过这个永远的80年代。记得南宁会议，那是80年代第一春，我和洪子诚从北京来，孙绍振和刘登翰从福州来，开会就谈朦胧诗。孙教授春风得意，舌战群儒，滔滔不绝，发言占了整整两个时段。他得意忘形，阿登在

左起：洪子诚、孙玉石、谢冕、孙绍振、刘登翰

背后拉我衣角,"还得意呢,后院起火了"。登翰此时的"幸灾乐祸",显出了他表面憨厚的内里的"坏"。至于这"后院起火"的"秘密",现在也还不能公开,在座的只有我们几个"当事人"明白。

也就是此时的刘登翰,他厚积薄发,悄悄地开始了他的人生和学术的真正的青春岁月。他的著作很多,我读不过来,只能就他的一本书名说起,这就是桂堂文库中的一本《跨域与越界》。我要说的是刘登翰人生与学术的"跨越"。我和大家一样,最先的刘登翰,是一位诗人的刘登翰,他和孙绍振一起出过诗集,写过许多有影响的诗歌评论,写过中国新诗史。这是他的专长,短短的时间,他在诗歌创作与研究的层面,就展开了一般人难以追逐的广阔的天空。

在学术界,能以自己的积学始终坚守一方疆土就很不易,而在坚守之外,又能在他人所不及处另辟一片崭新的领域的、特别是这些领域对于许多人来说是完全陌生的、类似开垦处女地那样的拓荒的工作的,则更是难上加难——因为他从事的工作是前人未曾或甚少涉足的,他没有前人的经验可供借鉴。刘登翰就是这样,在他已经取得成就的诗歌创作和诗史研究的成功基础上勇敢地走了出来,开始了他的学术生涯的新的跨越。

上个世纪80年代,中国结束了长期的动乱和封闭,国门开放,开始了广泛的与世界的沟通,不仅是经贸领域,而且是在更加广阔的文化和学术领域,均展开了非常频繁而广泛的沟通和交流。福建地处改革开放的前沿,和东南亚各国,特别是与台湾隔水而望,因而在海峡两岸的对话中凸显了不可替代的优越性和重要性。刘登翰出生于厦门,家族中又有深厚的海外的渊源,这些外在因素和内在因素的融合发酵,激发了他的"创业热情",他适时而果断地在大变革中确定了新的位置,开始了他学术生涯的又一次冲刺。

事实证明,在新时期,创作、诗歌批评以及诗歌史的写作,这只是他学术生涯的重新起步,他把学术再度创造期放置在此后。他由此展示了我们所不知晓的多层面的才华和智慧。刘登翰的学术优势不仅是属于诗歌的，他有更加博大的天空。正如我们知道的，他的书法艺术得到业界普遍的赞誉，他已是卓然自立的书法家，此外，我私下知道，他对茶的饮用和栽培以及茶道也很有研究，但这只是他的学术世界的冰山一角，而更为宏阔的部分是在文化和文学的层面，就我所知，诸如：台湾、香港及澳门文学和文化研究；闽南文化和闽台交流史研究；以及范围更为扩大的世界华文文学研究，在这些原先未有的、崭新的领域里，他不仅是一般的学者、专家，他更是一位学术带头人，正如古远清认为的，是这些新兴学科的"领航者"。

刘登翰以他长期的积累和创造性思维，先后参与了上述那些学科的开创、建设和拓展。他所涉足的这些领域大多是学术的空白，他的研究多数是白手起家，所以它更像是一位辛勤的拓荒者。他是一个低调而不事张扬的人，他的功绩是与这些学科的成长并通往成熟的经历联系在一起的，业内的人知道他长期默默的贡献，他由此获得了普遍的尊敬。

由于在北大奠定的扎实的学业的基础，加上他自己长期的精心积累和考察，使他始终保持了一个严肃学者的治学风格。他能够在纷纭复杂的文化文学现象中总体把握历史和走向，他对他所涉及的学术的考察和分析，拥有一种宽阔的全面的描述和判断的气势，他的视野开阔，大陆和台、港、澳，中国和世界，闽台和闽南话区、闽南文化和台湾文化，都在他的视野之中，他为之命名，给予适当的描写和定位，这些描述既合乎实际也合乎学理，获得浑然一体的功效。

刘登翰的学术是新鲜的，他的魅力在于能够透过外观直抵本质，所以他对于这些现象的描述总是鲜活的和新颖的。例如他笔下的世界华文文学，由于其生存背景是政治上与母土的隔离，故总体呈现为一种"碎裂"状态。这"碎裂"便生动而传神；又如，由于大陆和台湾长期的隔离，以及政治上的对峙，造成了台湾对彼岸文学的一种"盲视";再如,他形容华文文学总的形态是一种"离散"的文学,等等。这些形象性的概括,都相当的准确生动,从另一个侧面上。展现了他的诗人治学的特性。

我们可以在他的学术性诉说中发现他的诗意,但刘登翰的诗人本质并没有影响他作为学者的理性思维的强烈展示,全视野的总体观察和概括,给了他的学术以宏大的气魄,其中凸显的是包孕在作为诗人的柔性的语言中的冷静、客观的科学精神,宽容、从容、客观和冷静,使他的学术著作充满了感性与理性综合融汇的效果。刘登翰的天空是博大恢弘的。

2016 年 7 月 5 日于福州西湖

一束鲜花的感谢
——祝贺《洪子诚学术作品集》出版

这次会议的缘起是洪子诚先生出版了他的学术作品集。因为这些著作涉及中国当代文学研究和文学史写作的诸多问题，所以，我们就以这些学术著作为出发点，邀请大家就中国当代文学和文学史相关的问题交换意见，当然，我们的谈话也会涉及对洪老师的学术成就进行评价。

外面的首发式或庆祝会开得很多，我也参加了不少。但我们今天不是首发式也不叫庆祝会，而是希望把它开成一个进一步探讨当代文学学科深入发展的学术研讨会。这是洪老师的希望，也是我们的希望。洪老师为人一贯低调，其实就以他的学术造诣和学术贡献而言，我们是应当盛大地为他庆贺的，但这一切，我们都省略了。我在和贺桂梅交换意见时悄悄建议要送洪老师一束鲜花。直到最后，我们根据洪老师的意见，删去了许多细节，但我还是坚持要送这一束鲜花。常说：书生人情纸一张，我们不过是一束鲜花而已！这一束鲜花表达的是我们对洪先生半个多世纪学术劳绩的敬重和感谢。我想，这应该也能代表今天与会诸位的心意。

我和洪老师的合作和个人友谊，始于我们的青年时代。最初是我邀请他参加《新诗发展概况》的写作。后来"文革"开始了，我们当时的立场是避开派性斗争，选择了游离于两派之间的"中间地带"。为了生存和自保，我们自己寻找"符合大方向"的大批判——即批判所谓的"文艺黑线"——的事来做。在这段近于"逍遥"的日子里，我和洪先生合作写了一些言不由衷的大批判的文字。这些，与其说是我与洪先生的文字交，不如说是我与他的心灵交，一切尽在不言中——即使是在动乱的年月，我们也总在寻求属于自己的可怜的那么一点点的尊严与宁静。

"文革"结束，北大率先组建了当代文学教研室。我们志趣相同，又走在了一起。那时我是教研室副主任，可以领导洪老师。后来他当上了主任，反过来领导我了。北大当代文学教研室先后在张钟、洪子诚、佘树森、曹文轩，一直到今天的陈晓明几任主任的领导下，在赵祖谟、汪景寿等几位前辈老师的支持下，从建立到现在走过了一段不短的历史。

这个教研室的建立，旨在适应当初日益发展的文学态势，以期对中国当代文学的创作批评和教学研究有所助益。大家也许都知道，在上个世纪五六十年代，当代文学的存在始终被认为是附庸于现代文学的一条"光明的尾巴"。它的学术地位和价值是受到普遍的贬抑和质疑的，更谈不上学界的尊重了。但是我们这些人自觉地充当了这个"最没有学问"的处女地的"拓荒者"。以此为基点，我们开始了从无到有、从小到大的学科建设的探索。我们编写了最初的教材；选印了最早的一批作品选；接受了最早的一批进修教师和访问学者；招收了最早的一批研究生和博士生……

从那时到现在，洪子诚先生为这个学科的建设和发展投入了辛勤的劳动，建树了一系列令人称羡的、卓有成效的业绩。现在我们看到的这一套学术著作，其中凝聚着洪子诚先生数十年的汗水和心血。他为学界贡献了一部被广泛选用为教材的、权威的《中国当代文学史》，围绕着这部文学史,他全面地展开了对于这个学科来说是极为重要的系统的研究:当代文学的性质和地位、作家的立场和处境、问题和方法,特别是在普遍认为"没有艺术"的领域,深入地探讨了艺术的顽强存在和潜隐规律。

可以这样认为,洪子诚先生以他的智慧和坚忍,为中国当代文学的学科建设不仅提供了一系列重要的学术著作,而且建构了一个初具规模的学术体系。现在我们反顾来路,面对洪先生的这些全面、系统、深入的学术工程,相信当年的那些对于当代学科学术性的鄙薄和怀疑,恐怕早已成了过时之论了。所以,我认为洪子诚先生不仅是一个开拓者,而且还是一个完成者——他完成了我们最初的期待,他也开启了我们此后的更多的期待。这就是我要坚持送给洪先生一束鲜花的理由,一束素朴的鲜花表达了我们的感谢。

谢冕(右)与洪子诚(左)2011年在宁夏

但洪子诚先生给予我们的，远远不仅是上述那些学术成就，我以为更重要的是他的治学经验以及这些经验背后所体现的学术精神。当代文学是始终在行进中的文学，每天都在出现和生长着新的人物和事件。洪先生始终关注着文学的发展，他有意地和纷繁而热闹的现场保持一段距离，冷静地观察，客观地辨析、辛勤地积累，而后化为了周密而精辟的判断。他的学术研究从来不事空言，总是言必有据，掷地有声。读他的文章初步印象是不温不火，他是内敛的，在他的平实的背后不仅有力度，而且有锐气。

今天的聚会是由北京大学中文系当代文学教研室、北京大学中国新诗研究所、北京大学出版社联合主办的。会议得到北京中坤集团的全力支持。感谢贺桂梅和她的团队为会议付出的辛劳。感谢北大培文公司高秀芹和她的团队极有效率的工作。最后，更要感谢诸位光临会议并贡献精彩的意见。

2010 年 1 月 19 日于博雅会议中心

我们曾赴春天的约会
——题北京大学中文系1956级纪念册

我和1956级同学相差一年先后入学，我们都是应"百花时代"的召唤而来燕园相聚的。记得当年，战争的硝烟已经远去，中国人告别了长久的战乱岁月，宛若望见了和平建设的迷人前景。全社会、包括我们的校园，到处都弥漫着早春的气息。起重机和挖土机在战争的废墟上挖掘新厂房的地基，马达轰鸣，列车飞驰，到处漂浮着春潮涌动的建设尘埃。在学术界和文学界，"百花齐放、百家争鸣"成为最新、最诱人的口号。那时节，未名湖畔的秋柳依然披拂着翠绿的枝条，博雅塔影下那一弯秋月，多情地映照着如水的夜晚。我们相约在充满想象的燕园。

那时，我们1955级已入学一年。我们已怀着喜悦开始了我们的"向科学进军"的新生活。三好班，又红又专，劳卫制，文科首办五年学制，实行苏联式的五分记分制，还有花长裙和周末的交谊舞会，三角地，大小饭厅，东操场的露天电影。紧张、忙碌、兴奋，这一年过得非常美好。记得那一天魏建功先生给我们上音韵学课，刚开学，课室分布在各个角落，魏先生一时找不到，晚了几分钟来到教室，他一头汗，气喘吁吁，开头就向我们道歉："你们不要以为这是我的常态"。

谢冕：1960年代留下不多的几张西装照之一

他的"开讲"引起满堂善意的笑声。我们也把这种欢乐传给了晚到一年的师弟师妹们。

经过院系调整，校园内大师云集。给我们上课的都是各个学科的学术领袖人物，都是顶级教授。我们也把这种幸福感传给了他们。当时北大的主政者雄心勃勃，声称要办像莫斯科大学那样的"一流大学"。当年是反资反帝的高潮年代，我们鄙视（甚至也不知）剑桥、牛津、耶鲁和哈佛那些世界名校，我们在文化领域也是"一边倒"。于是，那时的世界一流也就剩下了当时苏联的莫斯科大学。正是此时，1956级同学进校了，相信他们和我们当年一样，都是以美好的心情参与到建设一流名校的美好憧憬中的。

对于他们的到来，我首先关心的是家乡来了什么人？听说厦门有一位新生是写诗的,我急急地与他见了面,这就是刘登翰,他告诉我当过记者。后来熟悉了,按照家乡的习惯,我们叫他"阿登"。接着有人说,还有一位将军夫人,是小汽车送来的,下车时还撑着遮阳伞(此细节当事人说没有,待考)。将军夫人就是缪柳西,也是福建人,她的夫君贾若瑜将军参加过长征。后来知道缪柳西和我们同班的张炯还是亲戚。对于高干以及高干夫人,我们那时总有些心理距离。但是很快,这种"警觉"消失了。我们不仅和缪柳西成了朋友,也和贾将军成了朋友。将军身经百战,勇武儒雅,投笔于川黔,问礼于齐鲁,平生嗜文善诗,本质上是一位文人,他还是研究《孙子》的专家。将军对柳西十分尊重,日常称呼口口声声都是"老师",终生不改。

就这样,我们和56级共同拥有了这座校园,共享了"百花时代"的早春欢乐。那时我们住在同一座宿舍,楼上楼下。上图书馆,娱乐,用餐,后来是学生社团,办刊物,大家都是以美好的心情迎接我们的

1958年在中文系资料室。左一为谢冕

谢冕在中文系资料室辅导德国留学生

新生活。廖东凡（我们称他小廖）每天长跑，锻炼完了来不及消汗，总到我的宿舍小坐，闲聊，而后上楼。我们和56级同学亲密无间，有些课程还是在一起上的，我和刘登翰、洪子诚后来还合作做诗歌研究，成为挚友。

但是不幸，这春天毕竟是短暂的。那年我们办《红楼》，鬼遣神差，无意间选用一幅国画"山雨欲来"做封面，不想竟是一语成谶，果然引来一场大风暴。很快就到了1957年的夏季，中国的上空乱云滚滚，整座校园也陷在动荡和喧嚣之中。我们的正常学习生活失去了平静。夜以继日的对于国家前途以及民主自由的大辩论，这一切都是我们所未曾经历的。我们的正常思考和言论自由，受到了恶意的戕害。渐渐地开始了凌厉的政治惩罚，同学们的一腔热血和善意，被当成恶意的"向党进攻"，一场预设的"阳谋"把我们深深地引入了泥淖之中，苦难开始侵袭我们。

一批怀着报国之心的青年,从被诱导"斗争"他人,到无一幸免的"被斗争",几乎所有的人都无以自拔地身陷被责与自责的苦难之中。然而,首当其冲的还不是这些受蒙蔽、被羞辱的师生,而是我们尊敬的马寅初校长。他以一纸"人口论"触犯天尊,大字报铺天盖地,马校长终遭放逐。春天般的马寅初时代于是黯然落幕。他一年一度带着微醺的、随意而洒脱的新春团拜致辞,从此成为绝唱。令人缅怀的马寅初时代结束了,从此也中断了绵延了数十年的蔡元培奠基的"民主科学"的立校传统。马寅初作为一位顶天立地的学者,他的不屈的身影始终伴随并激励着我们,他留下了掷地千钧的声音始终响在我们耳边:

> 我虽年近八十,明知寡不敌众,自当单枪匹马,出来应战,直至战死为止,决不向专以力压服不以理说服的那种批判者投降。(《重申我的请求》)

顷刻间,明丽的春煦化为了肃杀的秋戾。我们预设的百花时代的约会就这样匆匆地结束了。这真是噩梦一般的经历!从此,我们55级和56级一样被迫中断了我们的学业。那些为我们授课的教授,几乎无例外地被分别谥为各色各样的"反动权威",先后离开了课堂。而作为学生的我们,则被安排投入无休止的名目繁多的、各式各样的新的斗争和改造之中,而斗争的对象就是我们的老师。在这种所谓的"拔白旗"的学术批判中,我所处的55级以一本"红色文学史"曾经成为"典型"。说来愧疚,我本人也是这支身不由己的批判队伍中的一员。批判过老师,接着就是改造学生,我们也在深入社会基层的堂皇号召下被驱出了校门。

修水库,盖猪圈,"大跃进",挖地三尺搞"深耕",下矿井挖煤,大炼钢铁,一会儿是门头沟、延庆,一会儿是平谷、通县,北京郊区县没有我们不到的地方，就是不让我们回到课堂。此后数年，我们两个年级有时一起劳动，更多的时候是各自为战，彼此互不通问。大跃进之后是大饥荒，大饥荒之后是大浮肿。我听说56级同学中有不堪批判而自杀的，而更多的不幸者则被"戴上了"各式各样的"帽子"而成为另类。幸存者是有的，但也是人人自责自危，都是惊弓之鸟。这一些，都在如今这本纪念册中留有惨痛的痕迹：他们幻想过，他们坚持过，他们抗争过，他们无愧于自己的人生。

百花的约会就这样黯然落幕。55级毕业星散，56级此刻不知在何方。如同兵荒马乱的岁月，我们没有心情、也没有机会彼此告别。大部分56级同学的行止以及他们让人嗟叹的经历，只是在读到这本纪念册才知道的——你们的命运不比我们好，也不比我们坏。1960年我被留校任教，正是赶上"瓜菜代"的艰难岁月，我没上讲堂就下放门头沟斋堂公社，做人民公社的一名基层干部。当年我的工作是清理"共产风"遗留的问题，向广大的农民"退赔"。从骡子、果树、自留地到铁锅和饭碗。那时忍着饥饿，中午一碗加了菜帮的汤粥，下午四点是漫长一日中的另一餐，也是汤粥一碗。

寂寞困顿中，刘登翰毕业了，在离校之前他希望与我一见。我把下放的地址给他，多情的他终于经过一日的火车、长途车和步行的颠簸来到我的所在的斋堂公社。那是一个肃杀的秋日，斋堂川的树叶已开始凋零，河边开始凝冰。满山的酸枣已经成熟。我们上山采了许多酸枣，算是对于这个秋天的纪念。

别了朋友，前路空茫，再见何日？我们没有想象，其实，再丰富的想象力，我们也不会想到，随之而来的长达十年之久的风狂雨暴！亲爱的朋友们，我们都是百花时代的弃儿，我们当日享有的只有斋堂川中的那份别离的秋寒。

2017年9月6日于昌平北七家岭上村

相聚在新时代
——记北大中文系 1977 级

不仅仅是事关教育复兴,不仅仅是事关师生情谊,也不仅仅是事关知识传承或者文学发展,我此时提笔写这篇文字的缘由,都是,又都不仅仅是。命运安排我们相逢、相识,安排我们一起度过难忘的时光,这是由于什么?不说社会盛衰,不说时代进退,甚至也不说众生哀乐,不说这些宏大的话题,单就我个人而言,我把我和 77 级这个集体的相遇和相知,看成是我个人生命的一个重大的庆典——意味着新生,光明,希望,还有幸福的重大的庆典!

就在我们相遇的前一年,中国在十月的一声惊雷中醒来,从此结束了长达十年的噩梦。在这之前,我和中国所有的民众、特别是中国所有的知识分子一样,曾经有过漫长的忍受和痛苦的等待。我们以近于绝望的心情,等待那灰暗、阴冷和暴虐的年代的终结。在那些艰难的日子里,我目睹并亲历了过多的苦难。现在,我的等待结束了,那么,我所等待的将是什么?在 1976 年,我对此还是浑然不知的。

那是黑暗与光明际会的时刻,都说 1977 级的出现是中国当代教育史的一件大事,是的,但也不仅仅是。我更愿把它的出现看成是一个预言,一个象征,或者更是一个标志。一抹彩云在中国的天空升起,它划分了夜晚和黎明，停滞和进步，封闭和开放，愚昧和文明！1977级，它就是披着那朵祥云降临人间的。它的出现是一种绝境中的希望和新生的福音。它告知了一个新时代的降临。

也就是祥云出现的第二年，即1978年，中国打开了沉重的大门，开始迎接外面世界的明丽的阳光和自由的空气。从那时开始，中国真正结束了与世隔绝的状态，一个真正崭新的中国，终于出现在世人面前。三十后的今天回望过去，我们不能不感激那个时代，感激它给我们带来了全新的生活。而夹在1976和1978这两年之间的是1977年！所以我们今天回望1977年，感到了它的内涵的丰富性，在谈论它的意义的时候，也因这种丰富而感到了言说的困难。

悲喜交集的1976年过去了，开辟未来的1978年就要来到，中间是辉煌而欢乐的1977年。作为结束黑暗和迎接光明的过度的年代，1977年对于我们，真是一个美好的愿望和祝福。我本人和所有的中国人一样，也是带着憧憬和期望跨进1977年的门槛的。

1977年是我国恢复高考的一年。就在这一年，我因为受北大的委派成为在北京地区招生的一员，而与1977级的同学们相逢了！有趣的是，我们最初的"见面"是"书面"的，是在档案文件上。按照常规，北大是第一批进驻招生点的，而且有权从最高分开始录取。我当时的心情就像是进了阿里巴巴的魔洞。一摞一摞的档案调来，我如面对百宝箱，挑得眼花，也挑得心跳！挑了一件，舍不得放下，再挑一件，又是如此。

北大中文系录取的名额是预先定了的，一个也不能多。而我面对着这么多的青年才俊，他们不仅考了高分，而且非常优秀，我简直失去了"判断"的能力。对于经历过"文革"灾难的人，长期面对那些空洞的教条，面对那些"知识越多越反动"的喧嚣，如今面对这么多的人才，我真是犯难了。我只能狠下心来，把我认为最不能拒绝的先定下来。而后，怀着惋惜的、而且是负疚的心情，把其余档案送回去。我作为"文革"后的第一任"考官"的任务，就这样完成了。

在这批最先录取的新生中，我记得最早进入我的眼帘的是陈建功。他当时的身份是京西一个煤矿的工人。他考分很高，而且文章写得漂亮，毫不犹豫，第一个录取了。进校后，我对我所招收的学生，一一作了"核对"——即从"书面印象"到"肉眼视察"的印证——我对自己的工作非常满意：他们的确是无愧于北大的！在科举时代，我作为1977年当年的"考官"，其身份按道理是被包括新科状元在内的全体登榜的进士尊为"门师"的（或者叫别的什么，记不得了，我记得陈建功好像也这么称呼过我）。由于北京的学生是我把他们请来的，由此导致了我和全体77级学生的非常亲密的关系。

"文革"前，我只是一个刚留校任教的青年教师，没有什么教学经验，正经的学问也还没有开始。"文革"一来，一切就这样突然地终止了。这一停就是长长的十年，我从青年时期就这样进入了中年。而此时我的身份依然还是助教，一个看不到前景的"永远的助教"。在濒临绝望的边沿，作为教师，我当年的幻想就是重新走上讲台，向比我年轻的一代，传授中国文化的辉煌。这个可能性，在当年简直就是一个零。

不难想象，这一年我与77级的猝然相遇，曾经带给我多大的惊喜！所以，在这篇文字的开头，我不避讳一般为文的禁忌，劈头盖脸地用了一连串的"不仅仅是"。的确，一切都是，一切又不仅仅是。至少对我个人而言，我和77级的相遇，不仅意味着我找到了他们，更意味着我重新找到了自己，找到了我曾经的梦想、找到了与我的生命相伴随的我今后的学术道路，我的事业和幸福。这一切，从表面上看，和77级的出现并无直接的关系，但我的确把这看作是我个人命运的转机。

而后的事实可能就转到了师生情谊的记忆上了。从那时开始，我不仅认识了由我招进的那一批北京的学生——包括随后扩招的（记得当年，考生太优秀了，不扩招会留下太多的遗憾，于是事隔不久，又以 1978 级的名义扩招了另一届学生）学生在内——连同来自全国各地的 77 级新生，我们都建立了非常良好的师生之谊。

我们像迎接节日一样把 77 级迎进了燕园，紧张的大学生活开始了。这些过去在农村、在工厂、在部队、在兵团，也有在中学，还有在基层工作的大学生们，走进了北大的课堂。中文系的老师们，从最年长的教过我的那些老师，到我们这些当时已不年轻的年轻老师们，都以最大的热情、最认真的姿态，投入了长久荒疏的工作。

1977 年的秋季对于学生来说是节日，对于我们这些老师来说也是节日。这一个秋季，对于 77 级的学生来说是庆祝新生活的开始，对于我们老师来说，则是向噩梦般的过去的真正告别，从此告别了歧视、凌辱和无边的阴影。这一切都像是梦境，我们终于有机会重新开始做我们热爱的工作了。

中国的知识分子就是这样，可以对他不公，可以蒙受耻辱和苦难，他能忍受。而且忍受之后，他们一如既往地依然热爱他们的工作。这说起来有点"贱"，西方的一些媒体也常常诟病我们的这些"积习"，但不管怎么说，我们终于掸去了满身的灰尘，以及心灵的暗影，和我们的 77 级的学生们一起，迎接了我们的新时代。

长久的"革命"、"斗争"、"改造"，还有没完没了的惩罚式的劳动，荒废了我们的业务。我们从各个角落，把过去被迫扔掉的书本和资料找回来，如同拥抱曾经的弃儿，我们重新抚摸着我们的至爱。77 级的同学们的心情，也和我们一样，他们久经饥渴，更像海绵般贪婪地吮吸着一切知识。老师无私地贡献，学生认真虔诚地学习，那时的北大校园，弥漫着非常浓厚的学术氛围。

快乐的日子过得很快，77 级的学生们很快适应了校园的生活。他们向我们展示了青春、勤奋、创造特别是思考的活力。77 级毕竟是曾经受过折磨和锻炼，他们深知今天所拥有的来之不易，他们懂得珍惜。所以他们不仅学习用功，而且敢于承当，勇于实践，他们的思考和行动无不紧紧地维系着时代和社会。他们是有理想、有追求，而且是能行动的一代人。在校期间，他们除了认真听课，完成作业，业余时间他们组织社团，开展课外活动，办讲座，开讨论会，他们关心文学界的动态，而且积极参与，我记得当时社会热议《苦恋》，其中也有北大学生的声音。他们的校园生活丰富而多彩。

我记得他们办过一本叫做《早晨》的文学刊物。早晨，那正是一代人的自我写照。他们生而逢时，正是祖国结束黑暗的夜晚迎接满天朝霞的时光。同时，早晨也是他们的自况，他们生命的阳光正在升起，时代为他们铺就了一条充满阳光的路径。除了《早晨》，他们还与国内高校中文系联合办过《这一代》。遗憾的是，"这一代"命运坎坷，大概只出了一期，而且人们看到的这一期也是被"开天窗"后的"残本"。

这一代无论如何是幸运的，但这一代肯定是要承受时代的重负的。道路是明确而宽广，但道路也肯定是曲折而充满挑战的。这一切，通过与1977级有关的两本刊物的名字及其遭遇，已作了非常有趣的预言。

2009年2月28日于北京大学中文系

《程文超文存》序

文超平生治学,涉及中国近代文学、现代文学、当代文学,以及文学理论及文学批评的诸多领域。他特别专注于文学的历史描写与叙述,在中国当代文学的理论批评的宽阔层面着力尤多,发掘尤深。文超学术视野开阔,对于复杂的文学现象有独到的把握能力。因此,他不仅能从细微处见深刻,又能从总体上把握文学的历史走向。由于他的这种开阔自如的穿透与审视,一些极为复杂的文学现象,他均能以简括出之。如他说,任何时代的文学批评都是一个关于意义的故事,意义对于批评而言是一个永远的诱惑(见《意义的诱惑·前言》)。就是这样,他把别人要用很多笔墨予以解释的问题,用平常的方式表达了出来。我常说过,浅薄的批评家往往会把简单的问题弄得人如坠五里雾中,而成熟的学者则有能力化复杂为单纯。在这点上,文超是臻于成熟了。

写作《1903:前夜的涌动》的时候,文超开始探究新文学运动的初始。他拨开迷雾,把目光投放于起于青萍之末的微风。他发现,中国的"现代性"追求并不是始于"五四",而是在19世纪与20世纪之交就开始了。他说,"我震惊于中国文化选择与建构的艰难性,在世纪初的仁人志士的英名与成就的背后,我看到了他们的奋斗与挣扎"

（《1903：前夜的涌动·小引》）。文超考察中国文学的历史与现状，总立足于中国文化乡土的全部丰富性与独特性。对于中国"现代性"的探求是他治学生涯中始终坚持的题目。早在撰写"前夜"的时候，他的目光就集中于中国现代性的发生及其处境。那时他就精辟地指出，在现代性的内部，在其孕育之初，就已生长着与其对抗的力量；在现代性的外部，一开始就有反抗的声音。正是这一切，使中国文学在追求中充满了辛酸与血泪。

文超治学的特点，是一旦涉及决不轻易放弃，而是就着一个目标溯流讨源。他沿着新文学诞生前的体认与发现，步步进逼，探讨现代性在中国这一特殊环境的命运。他把现代性在中国的现实处境，称之为"醒来以后的梦"。他以充分理性的态度，探讨这一"舶来品"在乡土中国的特有形态与流变。他正确地揭示了中国式的现代性的内核与外延，那就是"民族主义与启蒙理性"二位一体的运行。这些言说，都是相当剀切的。

文超在系统地探讨了现代性遭遇中国的特殊语境的同时，他时刻没有忘记眼下文学的发展。他把关注当今文学批评的精神及其成果，适时地转移于当代文学叙事现状的探秘。在这方面，他充分发挥了他在叙事学理论方面以及熟谙中国当代文学历史方面的长处。他以对于欲望的重新叙述为起点，把对于当代文学的关注点引导到对于叙事历史的考量上。这样，他的另一部专著的构思就基本形成了。

《中国当代小说叙事史》从叙事的角度进入中国当代小说史的研究。这是一部别开生面的著作，他以他所拥有的大视野，审视了中国当代小说的叙事史（这里的叙述仅限于小说，其实，他所总结的是包括各种文体在内的当代文学的整体规律），从革命叙事模式的建立过渡到精英叙事，再从精英叙事转向个人姿态叙事。他的考察一直延伸到当下发生的一切流变，关于情欲的叙事、极端的平庸观念及其对伦理叙事的侵犯乃至于"以身体为中心"的叙事。在这些方面，文超的学术优势得到完整的呈现。

文超英年早逝，他已竭力而为，但有更多的想法没能实现，无论在他本人还是中国学界，都是十分遗憾的事。但仅就现在辑录的八卷文集来看，他的生命的点点滴滴已是超负荷地化作了精美睿智的文字。这点点滴滴都是血泪凝成！

我们知道，文超从事并取得这些学术成就的时候，正是他身患绝症，在死亡的阴影下进行生死决战的时日。这时日总共算起来，也不过十年左右。在这段时间里，文超至少进行了三次大的手术，不计其数的放疗、化疗，频繁的进院、出院……他站立着，进行了常人难以忍受的悲绝顽健的苦斗。而且写作只是他诸多工作的一个部分，教学不曾中断，培养学生不曾中断，社会活动不曾中断。他甚至把课堂搬到了病榻旁，直至生命的最后一刻！

短短的数年之间，文超以惊人的业绩为学界所瞩目。识者视之为中青年学者的楷模。慕名求教，从者接踵，文超接纳了来自四方的学子。也许正是这些，始终激励着文超，使他焕发着惊人的光彩，创造了生命的奇迹。文超清贫一生，在精神层面却又是富有的。他的身上，闪射着中国知识分子人格的光辉。

文超的学术成就是辉煌的，但是，他的生命的光辉所给予人的启迪更要辉煌。文超就是这样，把他的这些光亮留给了我们，烛照着和激励者更多的后来者。

      2006 年 1 月 28 日，旧历除岁之夜，于北京大学

老孟那些酒事儿

老孟就是孟繁华。老孟是他的朋友们对他的"敬称"。在北大的前后同学中，不论辈分、无分年序，大家一律都这么称呼他，甚至我们这些非常"嫡系"的他的老师们，如我本人和洪（子诚）先生，也毫无例外。大家习以为常，毫不见怪。老孟听见别人（包括老师）这么叫他，也认为理应如此，一律敬谢不敏。

老孟名气大，不单是因为他学问做得好——在他的同学中，学问做得好的有的是，他们也没轮到老孟这么风光，再说，也不因为他年龄稍大——年龄再长，能比得过他的老师们吗？说透了吧，老孟的声名显赫，多半是因为他平生嗜酒。

说起老孟嗜酒，也并非他的酒量有多大，而是他喝酒之后的故事多，亦即这里的题目所显示的"酒事儿"多。老孟遇场必喝，每喝必醉，且每醉必有"故事"。老孟就这样，随着他的"酒事儿"的增多而名扬海内。他的酒名，甚至超过了他的文名，这是很令业内的一些人心意失衡的。

老孟原先在中央电大当老师，后来不知怎地心机一动，就来了北大。开始做进修教师，不过瘾；接着做访问学者，还不过瘾；后来干脆就当上了博士。其实老孟一旦进了北大，压根儿就没想离开。他是下决心"赖"在北大不走了。果然老天不负有心人，老孟在北大，学问长进自不必说，居然结交了许多酒友，他的酒名是越来越大了。

老孟的那些酒事儿，我听到的不少，可谓如雷贯耳。但我亲历的并不多，因为我们之间毕竟隔着个师生的名分，记得那时"批评家周末"的聚会，会议之后照例有一个饭局，饭局之后便有酒事儿。多半此前，他们总以"老师累了"为借口，把我们"支开"，接着就是他们的花天酒地了。正因如此，我们得知的多半不是第一手的资料。

但毕竟是亲密的师生关系，也不乏一些直接的见闻。记得一天深夜，我被电话铃叫醒，吓出了一身冷汗。打电话的是一位年轻女性（后来知道是裘山山），她向我打听孟繁华的家在哪里？原来是老孟醉如烂泥，自己说不清了。当时在车上的还有张志忠，是军旅一班作家的聚会。老孟趁着酒意，向张志忠大吹北大如何如何，张告诉他：老子在北大的时候，你还不知在哪里呢！那晚是裘山山他们按照我提供的信息，把老孟像死猪般地抬进了他的家。老孟对此浑然不觉。

还有一次，也是深夜。是他们"热情"地把老师"支走"之后，原先聚会的"家园"餐厅终于扛不住，要打烊了。据说，他们一伙围着北大周边连续换了好几个酒家，直至夜阑人静，天色欲晓。这时，住在承泽园的肖鹰，住在圆明园的方明，住在镜春园的彭玉娟，所有的园门都已关闭，所有的夜游者都回不了家了。至于老孟，他算是高人一等，干脆就忘了家住何方——其实当时他就住在蔚秀园！

老孟醉后的常态是话多，即我们所谓的"上课"，且不厌其烦地"循循善诱"，往往历数十小时而热情不减。据说有一次，开始认真"听课"的有十多人，后来谁也扛不住了，也就悄悄地退场，妙的是老孟竟然浑然不觉，照讲不误。最后剩下了两个"好学生"：谢有顺和杨克。再后来连文质彬彬的谢有顺也溜了，剩下杨克负责把老孟送到家——因为老孟照样忘了家在何方！

老孟因酒误事的次数多不胜数。最妙的一次，是社科院文学研究所的党委书记包明德先生亲自告诉我的。他是当日事件的亲历者，应该不会有误。这一天是文学所的例会日。上午各研究室分别开会。下午，前半段是室主任汇报，老孟时居主任高位，应当参加，后半段是党委会，老孟不参加。中午，又是著名的"酒协"的例会。老孟依然发挥得极好。待到饭饱酒酣，老孟猛然想起了下午的主任会议。他跌跌撞撞地进了会场，大家都用惊异的目光看他。老孟似乎还沉浸他的酒意之中。包明德毕竟是书记，知道老孟"这下崴了"。偷偷地捅他身子，告诉他现在开的是党委会。老孟吓得酒醒一半，有点不好意思，搭讪着说："你们接着开，接着开——"终于狼狈地退出了会场。大家深知老孟，彼此会心一笑。

老孟酒事特多，民间流传的更多。我虽身为老师，惭愧得很，毕竟知之有限。有人报料说，老孟酒酣，除了"上课"动口之外，也有动手的时候——无端或有端的打人或被人打的都有。老孟醒后往往追悔莫名。他对我说过，实在有损形象。于是决心戒酒，弃旧图新。

老孟终于戒酒了。老孟一戒酒，同学们和老师们见到"面目一新"的、与平日行止迥异的老孟，仿佛是见了大观园里那个丢了通灵玉的宝二爷，满桌的酒菜顿时都失去了滋味！大家一边虚情假意地祝贺他戒酒成功，一边又不免心怀恶意地，盼着他的失败。

老孟果然不负众望，很快，也许就是下一次餐叙，酒照喝，"课"照上，该演出的故事照演。大家一面嘲笑他，说他正应了华君武老先生的那幅"戒烟图"，一边为他的故态复萌而心中窃喜。

充满了酒意的老孟，同样充满了童心和真趣，酒里酒外的老孟非常可爱。离开了酒意的老孟，往往又使举座不欢。我们大家都是这样地矛盾着，同时又这样地"痛苦"着。

2009年2月2日，于昌平北七家村

与你相遇人生很美丽
——《湘夫人的情诗》序

这是湘夫人写给她的情人的诗。湘夫人的身世既不可考,作为局外人,我们当然无从、也许更无必要对她的情人有更多的"考订"。说真的,即使我们真有这个隐秘的愿望,想对她的爱情寻根究底,但我们能做得到吗?我们还是断念吧,要知道,爱情有它特定的空间,它只发生在两个人之间,它具有永远的私密性。

作者是个隐身人,她半遮半掩,含而不露,如真似幻——似是伫立月下,似是藏身花丛,又似是飘然云端。愈是如此,便愈是诱人遐想。想象中的湘夫人一定是举止优雅,多情善感的人,不然,她怎么可能写出那么感人的诗篇?爱她的和被她爱的人真是有福!

其实我们不必太拘泥于事实的如此这般,诗歌多半属于虚幻和想象,诗歌重的是情感,不重事实。诗歌说的,说有就有,说无可能就无,我们原也不必太把诗人的说事认真了。当然,这是一般的"通论"。事情落实到湘夫人的这些情诗,看她的那份认真的快乐和幸福,那份彻骨的痛苦和伤悲,看她为了得到爱和因为失去爱的那份要死要活、丧魂落魄的样子,你就不能太不把它当回事了——她是真实的。

这个女人是情种,她的生活的整个魂儿,就是爱情。爱情给她灵感,爱情使她美丽,爱情让她年轻,爱情就是她的命。可以这么说,她是为爱而活的,她几乎一生都在恋爱!她爱得真挚、大胆、无所顾忌,一副我行我素的气派。我读湘夫人,内心艳羡那些被她爱的人和爱她的人。同时,又被她那奔涌的和磅礴的激情所烧灼。我欣赏她的情意绵绵的私语,更欣赏她天老地荒的倾诉!

不由想起一句古老的问话:"问世间情为何物,直教人生死相许?"在情感被普遍地沦为游戏的今天,湘夫人的情诗以及这些诗所传达的纯情的,甚至有点古典的意韵,总给人以"恍若隔世"的怀旧的伤感。

这些诗篇片断地、接力棒般地辗转到我手边,其间数易其人,而且来人总是诡秘地说:"坊间寻得,作者不明。"但却是毫不含糊地嘱序于我。友情为重,我岂能辞?

这个神秘的湘夫人是谁?

犹忆当年读《红楼梦》,总忘不了那个充满诗意的场景:憨湘云醉眠芍药茵。当日众姐妹给宝玉过生日,湘云酒醉花丛之中。众人闻讯一路寻来:"果见湘云卧于山石僻处一个石凳子上,业经香梦沉酣,四面芍药花飞了一身,满头脸衣襟上皆是红香散乱,手中的扇子在地下也半被落花埋了,一群蜜蜂蝴蝶闹嚷嚷的围着,又用鲛帕包了一包芍药花瓣枕着。"①

这是此书最让人着迷的一章,这园子里汇聚了当日最有灵气的、集美色与智慧于一身的年轻女子,黛玉的痴,宝钗的惠,平儿的俏,妙玉的雅,晴雯的黠,曹雪芹独独把"憨"字送给了这位醉眼惺忪的史湘云,可谓一字而境界全出。也许现实中的湘夫人就是这样一位美丽、聪慧、奔放而率真的,聪明又充满"憨态"的女性;也许湘夫人心仪的

---

① 曹雪芹:《红楼梦》,第六十二回。

竟是这位从来咬音不准、满口"爱哥哥"的史小姐！也许她的笔名"湘夫人"竟是从湘云小姐那里"顺"过来的？一份材料告诉我们，大凡七分聪明又带着三分"憨态"的女人最可爱。

我读湘夫人，当她沉浸于一杯浓情蜜酒的爱恋之中，我感动于她那刻骨铭心的痴迷；当她全身心地投入于她的所爱而又无可补偿，她的自制与镇定，以及化解哀痛的能力，又令我异常惊讶她非凡的坚韧。多情多义的女人，侠骨柔肠的女人，她也许不属于我们居住的人间，她或许竟是仙人——她是上帝的女儿，她住在湘江澧水之间那植遍兰蕙的香巢里，她也住在楚辞中，梦幻般行走在屈原的心间笔底。

此刻秋风乍起，木叶飘落，有人在湖滨等她：

> 沅有芷兮澧有兰，
> 思公子兮未敢言。
> 荒忽兮远望，
> 观流水兮潺湲。
> ……
> 捐余袂兮江中，
> 遗余褋兮醴浦。
> 搴汀洲兮杜若，
> 将以遗兮远者。
> 时不可兮骤得，
> 聊逍遥兮容与。①

情人的馈赠，她的凝望和等待，在江中，在河岸，这就是恋爱中的湘夫人，也就是我们亲爱的湘夫人前生的爱情诗。

---

① 屈原：《九歌·湘夫人》句。

我现在手边的这一百余首情诗,生动地保留着属于今世的湘夫人恋爱中的脉搏与体温。写作一如她的为人行事,真性情,无遮拦,肺腑之言,感天动地。她的诗是心有所感,笔走天涯,不求文饰,全写心情。也许匆促,也许简约,确是情之所至,临纸妄言。此乃人之常也,毋庸苛求,何况是热恋中人!

　　读湘夫人的情诗,要紧的是一个"真"字。相遇是一种缘分,相遇是浪漫的,相遇更是美丽的。

诗人在城市的遭遇

这是一本关于都市的诗集。几乎所有的诗都指向一个都市流浪者内心的矛盾、痛苦，甚至凄惶。这本诗集向我们展开了现代都市生活的广阔场景，那里的街巷，那里的高楼和过街桥，那些由水泥和玻璃组成的重重叠叠的建筑物，那里奔驰着、冲撞着的流水般的车辆、斑马线，以及闪烁不定的街灯。现代都市的繁华景象，都经由诗人的笔墨纳入了我们的眼帘。一些都市里最新的事物，如数码相机、虚拟婚姻、网络和KTV、AA制、"美女作家"，鸡尾酒会和咖啡厅。还有一些隐蔽的、不那么显露的都市生活场景，诗人也都有犀利而充满锐气的描写：摇头丸、二奶、下半身写作，等等。这部诗集可以说是现代城市生活的一部诗化的小词典，它包容了当今行进着和发展着的都市动人景观，它从另一个层面提供了21世纪中国社会的一个缩影，它引导我们认识了中国当前都市由外观到实质的全景图。仅此一端，我们便有理由积极评价诗人骆英的努力。

这本诗集题名《都市流浪集》，它的最重要的诗篇便是总数为31首的组诗同题诗。诗人以充分的抒情向我们展示了一个都市人的内心世界。除此以外，诗集中的绝大部分篇章，也都是与此相关的人在都市找不到自己的感受，一个始终在都市流浪的题旨。它的着眼点在于揭示都市的畸形发展带来的生态危机和人的生存危机。中国经济的飞速发展促进了都市的繁荣，从而有力地加速推进社会的进步。现今中国社会的重心，已经由广大的乡村转向了不断扩展的城市。随着城市的高度发展，民众的生活也得到明显的改善。从这点看，我们和城市之间不应该是对立的两端，我们的大多数人都是城市发展的受益者。

了解诗人骆英的人们都知道，他本人一直是都市开发和建设的积极参与者，甚至可以说是一位强有力推动者。他在这方面不仅投进了巨大的财力，而且也投进了全部的智慧和心力。他为都市的繁荣做出了得到广泛认可的业绩。他无疑是一位成功的投资人和决策人，他是卓有成就的中青年企业家。他完全有理由为他的付出而骄傲和自豪。但令人感到意外的是，作为诗人的骆英，他在这本诗集中采取了与前述完全不同的视角：他从城市的建设者转而为城市的批判者。他在诗中的形象也不是都市文明的讴歌者，而是鲜明地充当了都市"罪恶"的揭露者。他都市主人翁的地位，也转换而为都市的流浪者。诗中彰显的，不是一个与城市水乳交融的现代居民，而几乎总是与城市格格不入的、甚至是水火不容的"外乡人"。

这是一个非常独特的形象。也许正是由于这样矛盾的组合体，使得骆英的诗具有了不同于一般城市诗的深刻性。它通过有力揭示城市的内在矛盾的尖锐性，使骆英的诗获得了同样题材作品的特殊魅力。一个城市建设的投资者，在他的蓝图下生长出了现代城市惊人绝艳，而他的内心并不在城市栖居而是不停歇的、无休止地流浪。骆英无情地揭示了都市的丑陋，拥挤的车辆"如蟑螂在城市扫荡"，一条条马路"如无数黑蛇"，人与人同样地落寞，"像是囚车押送这些人去角斗场"。那些在诗中出现的人，从清晨就开始流浪，作者形容，那领带是枷锁，"拴我在都市的监房"，手捧着咖啡而心却悲伤，甚至无故地诅咒那咖啡的香味"像塑料，干硬又涩苦"。

诗中的抒情主人翁百般地无奈，他想突围而出，自喻好比是一只

谢冕与骆英

风筝,即使断线而去,也飞不过这城市的高墙,即使万幸飞出,前面也会有高楼折断翅膀:"这城市与城市的谋杀你无法躲藏,这高楼与高楼的残忍你无法忍让。"骆英的这种充满矛盾而又尴尬的双重身份,是他从自己的人生阅历中深刻反思得来的。他现在虽然从心志到财富都拥有非凡的实力,但他有一个铭刻于心的记忆。他的广阔背景在西北的乡村,那些童年的记忆时刻"干扰"着他现在进行的事业。他做着大事业,而他的心中却始终怀着那个遥远的记忆。这里的繁盛与那里的贫瘠构成了鲜明的反差。事业与诗歌、城市与乡村、发展与停滞、富有与贫穷,啃啮着他的心。他是一个诗人,他是一个内心充满着良知、智慧与爱心的人,他无法平静,他不能不为自己的行动自省、自责。

有一个午夜,那是 2003 年 9 月 16 日的凌晨 1 点 38 分,他写《午夜家信》。忙了一天公务，是一个不眠的夜晚。诗人自喻如"困兽沉默在陷阱"，变得"苍老而沉重"，面对着半城的薄霜，"心中有一片童年的沙枣花香"。也是这一天，也是午夜，1点40分，他写《生存者》。生存在酒吧大堂，是一遍遍重复卸装，是一遍遍被商务通收藏，此时此刻，"总让人把母亲突然回想"。这一个夜晚他一口气写了许多诗，就这样在思念中度过这不眠之夜。诗人认为城市是用"思念"建成的，"每个人都把信写向远方"。他们都魂不守舍，他们都是"流浪者"，"日日想从这城市逃亡"。

骆英对于城市的揭露和批判，是与他的自我审视与自我批判联系在一起的，因此具有极大的感染力与穿透力。这里没有矫情，这里只有沉痛。他对自己有着并不宽容谴责。他说，"我无法说清我的生存"，"我的流浪同样可疑"，甚至"我的哀怨同样地无法考证"。这最后一句最为深刻，有一种深入骨髓的痛感。就是说，惊恐也好，哀怨也好，忧伤也好，在他人看来是没来由的，而在诗人却是锥心之痛。在诗集的第一首《在都市流浪》中出现不为人注意的细节，他为水泥缝隙中的虫儿忧虑，他为街角的小草担心，深恐它们失去家园，无家可归，在都市的建设中覆亡。这里隐藏着深刻的人文的和生态的关怀。

诗人的自我批判是不留情的，他无情揭露这种说不清道不明的暧昧："在众生华丽时你却自弃，在金碧辉煌时你却惊恐"；"在繁华的底层独自悲泣，远望着人群不敢忧伤"。诗人对此作过自我剖析："我站在了城市的对立面。尖酸、刻薄、激进、变形，似乎是城市不共戴天的仇人"，"城市化的过程加大了社会的不平衡，在城内和城外，有许许多多的弱势群体"[1]。这就是造成诗人内心不宁的深度原因。最沉痛的一句话，就是《都市流浪集》组诗中的"所有的得到都令我悔恨"[2]。

---

[1] 骆英：《都市流浪集·后记》，作家出版社，2005年。
[2] 见骆英组诗《都市流浪集》第15首，同上书。

他不讳言"得到",但他同样不讳言"悔恨"。这就是骆英诗歌的感人之处,也是深刻之处。

前面我说过,骆英的贡献在于全面深刻地表现了现代城市的发展及其矛盾。也许更为重要的贡献在于他表现了城市中人的失落和异化。在此,我还要着重要表达的是,诗人在表现上述这一切时,完成了他的自我批判。这是迄今为止诗人们还不曾到达的。我们应当感谢骆英对当代诗歌所作的这一贡献。认识城市,热爱城市,同时还要批判城市,这是骆英这部诗集给予我们的启示。

骆英认为,诗是观赏的和映证的,同时又是宣泄的和倾诉的[①],他特别强调诗对于社会的关怀和诉说。我对于诗人骆英这一诗歌理念十分认同。当然骆英在从事这一工作时,是充分地注意了作为艺术的诗歌特性的。骆英的诗风清新自然,有很强的节奏感。他的缺点是有时因过于注重情感宣示而不考究表达的精美。但有些诗却因为这种细部的考究而给人以深刻的印象。如《城市的远》:"难言的爱怜像菊 清黄的摆不动雨帘 无助的等待像荷 残枯的飘不满塘岸"。这里的菊和雨帘,荷和残枯、塘岸,有着古典文学素养的人,不难发现诗人独到的、而且精心的艺术造诣。

在这部诗集中,有许多结构相当完整的篇什。我最为喜欢的是他写都市生活中人与人之间的陌生感的《邻居》:

邻居
是另一个门
是另一个狗的主人

邻居

---

① 骆英:《都市流浪集·后记》,作家出版社,2005年。

> 是另一个邮箱
>
> 是另一个开门密码的主人
>
> 邻居
>
> 是另一个车位
>
> 是另一个电表的主人

在这里，邻居只是数码和物，邻居不是"人"。人在这里已经消失，人被无情地物化了。这就是城市发达的造成的一个后果。门、邮箱、车位、狗、开门密码、还有电表，有的只是抽象的"邻居"，没有"人"。不置一言而彻骨透心，这里的技巧和创意是秘藏着的。真的用得上古人说的：不着一字，尽得风流。

我们在骆英的悔恨和激愤中读出了一颗纯粹的诗心。他以无尽的热诚投身于他所从事的事业，他又不断地思考此中的负面价值，他对自己也有深刻的反思。当他思及他的流浪生涯，他仍然钟情于他不惜反复"诅咒"的城市：

> 只有在我的祖国大地上流浪
>
> 我才愿用我的生命承受孤寂

2004 年 12 月 2 日于京郊昌平海德堡花园

矛盾的,更是真实的
——再谈《都市流浪集》

一边在为城市的崛起贡献着他的心智,一边却在这个过程中心无所归地流浪;一边是面对着灯红酒绿的现代都市的无尽繁华,一边却追怀和缅想于他那遥远而贫瘠的童年的乡村。这是诗人。诗人的心是矛盾的,也是分裂的,然而,更是真实的。

诗人是情感的动物,情之极致产生诗,没有情感,没有动之于衷的情感,没有一颗博爱悲悯之心的,不会是真诗人。常说思想者是痛苦的,我想,还应该加上一句,有牵挂,有关怀,有寄托,有幻想的人,也会是痛苦的。诗人是痛苦的。

我在骆英的矛盾、分裂和痛苦中读到了感动。按照常理,骆英是成功人士,财富,事业,创造,以及健康,他都有了,他会是快乐的。但在这部诗集里,我读出了他的不满,他的自责,他的不快乐。这就是说,骆英不是一般的决策者、投资人,或企业家,他在本质上是个诗人。诗人天生地有痛苦,诗人天生地不快乐。因为诗人比一般人更敏感,多愁善感是诗人的命。最近我读潘洗尘的诗,他说,"快乐有时就是一种浅薄"。我如被电击。

诗人在很多时候是在做梦。他有一个想象的世界,他并不生活在尘世。诗人总是生活在一种醉意之中。是众人皆醒我独醉。所以,在社会上诗人只能是另类。而真正的诗人却不是与世无涉的。真正的诗人也做梦,单他会从梦境中走出,走到现实生活中来。这时候,诗人便是先知先觉者,是众人皆醉我独醒。骆英在都市的流浪和痛苦,我以为就是这种"独醒"状态。

骆英这部诗集,其突出的成就,就是向我们展开了诗人充满矛盾而复杂的内心世界。这种展开是深刻的,不是浅薄的,因为他有一种基于切身体验的悲悯情怀——

我们的心其实并不洁净
谁愿意为底层的日子发问

(《有时候》)

读他的诗,最让人感动的就是这种关怀。

骆英诗歌产生的力量,来源于他前进而不随众的诗歌理念。骆英说,"如果所有的诗都被豢养在象牙塔里和阳春白雪的场所里,这种艺术固然高雅,——仅仅具有被把玩和被少数性地观赏功能而已。你说这种诗的趋向能不走向死亡吗?"(《都市流浪集·后记》)他还说,我的诗,"是对社会良心的渴望,对社会公平的渴望。这也是我的一种人生态度。我是城市化的直接受益者。当我站在高楼的顶端,回望和俯视许多城外的人还生活在另一个地平线,你说诗开始哭泣和批判有什么不对?"(同上引)

我认同骆英的看法。

2005年4月14日于北京昌平海德堡花园

人生至境

——庆贺骆英（黄怒波）登顶珠峰

珠穆朗玛峰是永恒的伟大。人的生命短暂，但人能够到达。当人用有限的生命去追逐（我这里避免用"征服"）那永恒的伟大时，人所体现的强大是一种骄傲。全世界有几十亿人，但只有屈指可数的极少数人能够胜利登上珠穆朗玛峰。能够登珠峰的肯定不是平常的人，超凡的体魄、超凡的毅力、超凡的勇气，特别重要的也许是一般人很难具备的——他必须具有战胜孤寂、战胜恐惧，最后是战胜生命极限的巨大的精神力量。所以，我认为登珠峰体现的是超凡的精神境界。因为这不仅是地球的绝顶，而且是生命的绝顶。

骆英是诗人，他写了许多优秀的、杰出的诗篇。现在，他用自己的行动书写了一首最壮丽的诗。骆英的整个登山活动，包括去年的"知难而退"（我说过，这是"成熟的智慧"），包括今年的一鼓作气，他终于完成了他生命中最壮丽的一首诗。这是他所有诗篇中一首最美丽的、可以毫不夸大地说，是一首最伟大的诗。

也许一个人事业有成并不难，财富的积累到达一个令人羡慕的高度也不很难。当一个人到达了一般人都在奋力追求的目标时，骆英选择了"7加2"[①]，而且"7加2"中最难的是珠峰极顶。登山不是一般的

---

① "7加2"是骆英计划中要登临的世界七座最高峰和南北极的两个高峰。

登上峰顶的骆英

爱好，也不是一般意义的体育运动，登山是一种置一切于度外的自我挑战。登山的胜利是自我挑战的胜利。

他战胜了一切，包括恐惧，包括依恋和牵挂，也包括死亡。他争取的是一般人难以到达的人生的至境。我想今日的骆英一定有一种成就感。这种成就感不是中坤度过了金融危机，不是大钟寺的开业，也不是中坤事业的拓展、中坤今日的一切宏大叙事，而是彼时彼刻当他站在珠峰极顶，面对着无垠雪峰朗诵他的诗篇时所拥有的成就感。这是令所有的人都羡慕并景仰的成就感。

骆英的诗歌和他所领导的事业，骆英对于母校的一切深情贡献，都是值得赞赏的。但是对于他登山的胜利，我特别提出要为他庆贺。感谢骆英把北京大学的旗帜、把北京大学中文系的旗帜、也把刚刚建立的中国诗歌研究院的旗帜带到了世界的顶峰！

2010 年 5 月 17 日于武汉翠柳村客舍

2010 年 6 月 3 日北京大学勺园

世界的极点也是生命的极点
——骆英诗集《7+2登山日记》读感

  提起笔来,我无法形容我此刻的心情。面对这些诗篇,我有些受惊的感觉。这不是我日常读到的那些诗,这是一些非常特别的诗。首先是,诗人的写作不同于一般的写作,这些诗篇是在特殊的背景、特殊的场合,以及特殊的心境下完成的。一般所谓的诗意或者抒情等等,在这里都意味着方枘圆凿、总难合榫,甚而是不相涉的。至于诗的技艺、手法云云,在这里言说,也显得是苍白而多余了。我承认,我的内心受到了震撼!我平时读诗甚多,读诗几乎成了我的职业。但在我的阅读经验中,像读骆英"登山日记"这样的震撼感,是极少有的。有些诗,时代感强,思想深邃,我会非常感动;有些诗,语言华美,意象奇兀,我会非常欣赏。它们都会给我带来欣喜,但是未必都能带来震撼。

  "7+2"是什么?是世界七大洲的最高峰,再加上南北两极的极点。登山探险界认为这九个点代表了地球的极点,是探险界的极限,即体现极高的境界。这九个点,骆英的足迹都到达了,而且令人惊喜的是,还留下了他的诗篇。关于前者,即足迹的到达,一般的诗人做不到;关于后者,即为此而留下诗篇,一般的登山者也未必能做到。

这一切，骆英都做到了。到达的不仅是他的足迹，还有他的心灵；到达的不仅是他的身体，更有他的精神。这就是他的写作给我震撼的原因。

骆英说，"山／本来不在那里／是我们找来了它"。这句颇有深意的话，我理解的意思是，你不去登山，山等于不存在，你攀登了，你付出了辛劳，你就拥有了它。骆英还说，"我注目群峰时／群峰仰视我／但我知道那不是敬仰"。这是他登临极点时的感受，群峰在他的脚下。他始终感到了人在大自然面前的渺小，但是对于一个被群峰"仰视"的人，我们依然感到了作为人的自豪、甚至伟大。那不仅是体力、意志、更有精神！

我和骆英过去是师生，现在是同事（我们共同主持着一个诗歌机构的工作）。我忙，他更忙，我们很少直接交流的机会，但毕竟是相知的。骆英为人低调，不仅登山计划很少示人，而且诗歌创作也鲜为人知——只有事情实现了，我们方才有所知晓。虽然事前少有暗示，但他的珠穆朗玛峰登顶的计划，我们还是知道的。我的手机信箱里保持了我和徐红来往短信的记录。感谢徐红，她总是及时地向我们报告骆英登山的动态。

骆英第一次从北坡冲刺珠峰，他到达了平生未曾到达的高度，是8700米，那是2009年5月17日上午七点。他被冻伤了，距离顶峰8848只差148米。他退了下来。那次我祝贺了他，祝贺他到达的高度，更祝贺他的"后退"。我知道人生不可能总是"前进"，后退的可能性随时都在。勇敢的人和智慧的人会审时度势，适时地选择放弃，骆英那次北坡登顶就是一例——尽管他可能是非常地不情愿。

时隔一年，即2010年5月17日——注意，这时间是骆英选定的，他依然锁定5月17日这一天，与上次北坡登顶的时间完全相同——这里隐藏着一个愿望，即，去年未能到达的，今年一定要到达。而且必须是同一天。他是一个想到了就要做到，一时做不到，一定找机会实现它的人。他的性格中有一股跟自己过不去的"狠劲",坚定而且倔强——这一次骆英胜利地从尼泊尔方向登顶成功,时间是 2010 年 5 月 17 日 13 时。

他迎着山顶的狂风插上了中国国旗和北大校旗,而且吟诵了他的诗篇。我依然祝贺他,前次是祝贺"后退",这次则是祝贺"前进"。我平很少写字,那天我特意写了"绝顶"二字送他。在祝捷的酒会上,我说:

> 也许一个人事业有成并不难,财富的积累到达一个令人羡慕的高度也不很难。当一个人到达了一般人都在奋力追求的目标时,骆英选定了 7+2,而且 7+2 中最难的是珠峰极顶。登山不是一般的爱好,也不是一般意义的体育运动,登山是一种置一切于度外的自我挑战。登山的胜利是自我挑战的胜利。他战胜了一切,包括恐惧,包括依恋和牵挂,也包括死亡。他争取的是一般人难以到达的人生至境。

骆英完成了这次登顶,他没有言说。他默默地做着他的事业,同时也在筹划着下一个行动。2011 年 4 月,徐红发来短信:"黄怒波董事长带队的'北极狐使命'探险队已于 4 月 13 日抵达北极点。自此他已成功完成 7+2"。原来他到了北极,我祝贺他完成了宏大的计划。骆英自己设定的目标都已达到,我以为他将就此止步。出人意想的是,他竟然忽略了他已经登顶珠峰的事实,他再一次地选择从北坡挑战珠峰!到达北极点后他马不停蹄,骆英再一次扎营珠峰脚下。

过了不久,与前此到达北极的报告大约一个月光景,徐红再次向我们报捷:"热烈祝贺黄怒波董事长于 2011 年 5 月 20 日晨自珠峰北坡成功登顶。"我知道登顶不等于最后胜利,下山甚至更难。我发信问候,并问是否已回到大本营?徐红回信:"他状态很好,勿念。再过大约两小时就见到他了,我们正往大本营赶。"那次徐红专程从北京到大本营迎接他。

这就是诗人骆英,可以想象这个来自西北的中国男人有多大的能量、毅力和自信!他一旦认定了目标,就一定要做到,而且一定要做好。三登珠峰,有后退,更有前进,一次南坡,两次北坡,而且都有诗!古人说,"再,斯可矣!"骆英是一而再,再而三!面对他行动的诗、诗的行动,我开头用了"受惊",其实只能是"震撼"。他的计划,他的行动,他的决心,还有他的诗,只能这样形容!

骆英是成功的企业家,也是成功的登山探险家,他更是成功的诗

骆英诗集《7+2登山日记》,2011年评为中国最美的书

人。与众不同的是,他以诗歌的名义将这三种身份整合了起来:企业挣了钱,他把大量的资金投放给诗歌和教育事业;登山是一种探险,他把这经历、特别是登山的心路历程写成了诗篇。《7+2登山日记》就是这"三合一"的产物。它是诗,但不是通常的诗,是特别的、让人为之心动的诗——骆英创造了中国诗歌的奇迹。

这是一位在世界的最高处、最远处,也是最难处写诗的中国诗人。我孤陋寡闻,不知世界上是否有过这样的诗人?他的诗不仅记载了那些人迹鲜至的冰天雪地的万种险情,缺氧和冻伤,冰大板和冰台阶,一万次小心中的一次失手可能就是灾难,远处电闪雷鸣的雪崩,山友的骸骨,身边的死亡,他亲历的惊心动魄的一切,更重要的是,他的诗极其完整地保留了人在濒临艰危时的意绪和情感,生命的局限以及它的诸多可能性,特别是关于可能性表达,诗人承认,生命是脆弱的,同时也是坚定的和顽强的。

"登山日记"记叙了这一切,记叙了一个生命所拥有的全部丰富性和所能抵达的高度。诗人面对的始终是人生的极限(极高、极远、极深,当然更有极难和极险),他选择面对,而不是规避。人们今天可以羡慕他的成功,但鲜有人知道成功背后的付出和艰辛。在阿空加瓜大本营,他写《最后的放弃》,记的是一次登顶的失败:"登山就是这样,我已经习惯了最后的放弃,你不能跟这块石头作对,你也不能每一次都能成功。"认识到这一点,是人生的成熟。

除了失败,还有恐惧和痛苦,他也自然地袒露。即使是在成功登顶之日,他也不讳言他的孤寂甚至绝望:"系在一根绳子上是世上最孤单的人/向上是人间最痛苦的事情/在你握不住上升器时你会突然绝望"(《顶峰突击》);"终于回来了/大本营就像我千年的家/顶峰是我永生不再想回攀的地方"(《登顶之后》)。他做的是豪放的事,但他极少豪言壮语,有的是这种真情真心的袒露。《昆布冰川》讲的是恐怖,这首诗非常完整,我要全文引用:

穿越昆布冰川是一个白天的噩梦
它阴森森地在每一个冰岩后藏着长矛
踏着金属梯子跨过冰裂缝时心惊胆颤
因为裂缝的底部在三百里之深
风吹过冰川里响起无数口哨
雪块变成了印第安人的毒箭
坐下来乌鸦立即成群在头顶盘旋
它们等待你死去时啄食你的眼珠和舌头
它们会叫着你的名字将你催眠
昆布冰川从来都是它们行凶的现场
在雪崩惊天动地地擦身而过时
你就如世界的孤儿在雪雾中听天由命
你看到你的腿在空中粉碎
你听见你的哭泣像冰块一样坚硬
在你最终站在了昆布冰川顶部时
你喃喃自语说了声"恐怖"

  他写了现场的惊骇，更写了极度缺氧的晕眩和幻觉，诗人说，"昆布"就是"恐怖"。诗人是肉身，也是凡人。普通人能有的，诗人也会有，包括不甘情愿的"最后的放弃"和穿越昆布冰川之后的后怕。骆英在写这一切时，用语平常，不事夸张，显得冷静而节制。但那令人惊恐的一切，正是通过这平实的叙说得到传达。

  骆英的诗路很宽，诗风变化莫测，早期的几本诗集和首先被介绍到日本的《小兔子》不说，单与这本登山日记同时送我手中的，还有《水·魅》《写给中国女人的六封信》、以及《第九夜》等（他这么勤奋，在异常繁忙的工余，竟然写了这么多），这些诗作，有的象征，有的浪漫，有的现代，有的写实，风格各异。而这本"登山日记"则以平易见长,是很好读的。

他是登高山如履平地,临绝境而心态平和。他写墓地,那是一堆石头,面对这墓地,他自信"我肯定会走下来,因为他们已经死过了";他还写死亡的故事,一对恋人,两块墓碑相连,女友在8300滑坠,男的在8500失踪,他们都消失在冰川;那里更有惊人的风景,他见到的"午夜的月亮"缺少通常的美感——

> 我说我已听见雪坡上的呻吟与哀叹
> 因为月亮　那里永远雪白痛苦也透亮

同样,"登顶之夜"也有他人难以承受的关于痛苦的陈说——

> 走一万步就有一万种痛苦
> 雪夜所有的痛苦又被冻硬

这些巨大的悲伤与惊恐,骆英都出以平常的近于白描的笔墨。这是他极力追求的艺术境界,"天然去雕饰",以平易显奇兀。我见过太多夸张的语言堆砌,也见过太多的以繁冗掩饰空虚,在骆英这里,他出语平常,却是众人所不能!他以这种方式向我们展示了世界极地的那些奇观。他在那些空气稀薄的营地,战胜着孤寂,也牵萦着万里之外的世间关怀:"我在一座薄弱的帐篷中抖动,就好像在金融危机中惊恐。"战胜这种寂寞的还有他对他的母校、他的事业的思念,以及他日夜牵挂的亲人和朋友的温馨。

在平常的语境中,他讲着不平常的故事。在严寒和风雪中,也在举步维艰的跋涉中,他紧张而宽释,有时还不乏诙谐和轻松。一个俄罗斯的登山者死去了,队友把他抱到帐篷,也许十个夏尔巴人能把它运到山下,可是他再也无力承担这费用:"没有人付钱时只能长眠在雪山/一场雪就把他掩盖/第二个登山季节山友会把帐篷建在他的身上/夜半他会突然说兄弟你压得我好疼。"他用同样诙谐的口吻讲述他的两个夏尔巴向导,他传达了冰雪中的友谊和温情。他也会用这种语气赞扬他的朋友,那些与他相遇山上的中国登山者。因为喜欢,我还是忍不住要再次引用他的诗篇——

山上的中国人带着烤鸭和炸酱
当然　也带着五星红旗和二锅头
王石从来不刮胡子也从不生病
他从南坡登顶好像再上香山
他就像珠峰顶上千年的瘦石
风吹雪冻隐藏起天地精华
王静为每个人端茶送水像在家待客
背起背包她就一直走到终点
汪建总在思考基因问题
他像个猫头鹰总是半闭着眼睛
他扇扇翅膀就到了7300米
可是他似乎总懒得离开帐篷半步
陈芳像林黛玉上山当了好汉
她细弱但总在向顶峰打量
钟霖走南极闯北极红光满面
他带来的巧克力甜点让人思乡流泪
他说是太太亲自挑选装进背包
登顶　他的背包也填满了爱恋
山上的中国人都很快乐
山下的中国人也都请放心

这让人想起杜甫的《饮中八仙歌》，杜甫写的是古长安市上那些放浪形骸的嗜酒如命的诗人们，①骆英这里写的是在登山探险营地的现代中国人的快乐和镇定。可惜骆英只写了五个人，不然，时隔千年，真可以比一比中国人的千年之变了。我很喜欢骆英这样自然随意的笔调，不经意间，他传达了当今中国这一群体人们的精神面貌：他们热爱生活，无拘无束，而且充满自信。

　　当然骆英也不一味地赞美，他用幽默的口吻讽刺了俄罗斯某处贪小便宜的警察，以及肆意加塞的俄罗斯人。他对中国人（当然是少数，甚至是个别）的丑陋，也有发自内心的疼痛，例如他在 VIP 室看到的两个偷酒的中国女人，对此就有无情的鞭挞。②在此我看到骆英的悲伤甚至愤怒。

　　骆英在八千米的雪峰看到冰山雪莲，惊异于她的冻僵而依然粉艳。他也在世界的绝顶放眼："山峰的后面是山峰然后是茫然／在世界的最高处反而看不见世界"。这的确是极高境界的诗，这是写在世界最高处的闪光的诗，是经历了怎样的痛苦和磨难，是战胜了怎样的恐惧和悲哀的融合着泪水、也融和着心血的流自心灵的诗篇。我相信如下的诗句将长留在人们的诗歌记忆之中：

---

① 为了引起阅读的兴趣，今录杜甫原诗如次："知章骑马似乘船，眼花落井水底眠。汝阳三斗始朝天，道逢麴车口流涎，恨不移封向酒泉。左相日兴费万钱，饮如长鲸吸百川，衔杯乐圣称避贤。宗之潇洒美少年，举觞白眼望青天，皎如玉树临风前。苏晋长斋绣佛前，醉中往往爱逃禅。李白一斗诗百篇，长安市上酒家眠，天子呼来不上船，自称臣是酒中仙。张旭三杯草圣传，脱帽露顶王公前，挥毫落纸如云烟。焦遂五斗方卓然，高谈雄辩惊四筵。"
② 《关于偷酒的中国女人》。全诗这样写道："VIP 室可是有钱人的地方／每个人道貌岸然一本正经／可是有两个中国女人偷酒／她们穿得可不是一般时尚／FL 的衣裤香奈儿皮包／金丝边眼镜卡地亚手表／她们娇艳欲滴惹人垂青／她们打开了手中的大塑料皮包／像松鼠她们不停运酒运粮／每一个男人都装作没有看见／她们吃起粮食只吃一半／她们像母狼眼露贪婪／咳／我的中国女人我的中国脸面／我的几千年一声长叹／不拿白不拿不贪白不贪／我的中国我的哀怨／富有并没让我们显得富贵／发财并不会让我们减少贪婪／／我的中国／我的伤感"。

在雪坡上我向东向西向北向南各走了三步

从此一个祖国就有了一个特殊的印记

在雪镜后泪水突然喷涌而流

还好这世界并不会有人看见

在阳光下我像大兵一样直立

我因此增加了人类的高度

（《珠峰颂·之五》）

面对骆英的诗，我感到了语言的乏力。"常恨言语浅，不及人意深"。在他的大气磅礴的声音面前，依然感受我的表达的无能和拙笨。

2011年7月24日酷暑，于北京大学中国诗歌研究院

诗中的故事

——骆英新作《知青日记》读感

此刻我们面对的是一位成功的企业家,我们面对的更是一位成功的诗人。企业家和诗人的重叠是一个奇迹,两个不同业界的"成功"的重叠更是一个奇迹。

骆英作为一位企业界的成功人士,如今仍在第一线成功地运作着。他指挥若定,时有奇思异想,不断有消息报道着他的充满想象力的业绩。他的最新作品已经不是长河湾,而是大钟寺了;还有,他远在黄山脚下的新作品已经不是世界遗产的宏村,而是重修的千年古刹梓路寺了——诗人骆英那天突发奇想,把诗歌的会场搬到了佛祖跟前的大雄宝殿召开。我们的诚心一定也会令如来破颜一笑的。

如今,骆英还把他的目光投向了云南的普洱,他的足迹正行进在万山重叠的西盟,那里可以看见从老挝和缅甸边寨飘来的炊烟。诗人兼企业家的骆英,一定是被前辈诗人公刘的诗篇所吸引,是向边疆那一朵"带着深谷底层的寒气"和"难以捉摸的旭日的光彩"的云致敬的。总是诗思如泉的企业家,他喜欢巅峰绝顶的生死探寻,而且喜欢把企业做成一首令人惊叹的大诗,此刻,他的目光已经投向了世界最遥远的地方,北冰洋边上的遥远的国家。"冰岛购地"已是一首惊人的诗篇。

骆英是一个可供我们永远谈论的题目。企业、投资、善举、教育、登山和旅行。我更注重的是他的诗,而且认为他是一位在内涵上、在文体上、在艺术风格上始终充满探索精神的诗人。骆英把诗的想象力带进了他的事业,也把事业的竞争、探险、创新以及不折不饶的奋斗精神带进了他的诗。和他相处多年,我总是被他变幻莫测的诗歌想象所吸引和征服,由于他的勤奋,由于他的智慧,更由于他超人的创造力。

每隔一段时间,骆英就会变魔术般地推出他的诗集,而且每次推出总是让人出乎想象的耳目一新。早期的作品《落英集》《都市流浪集》不用说了,"你的草地总是清香",这是当年读他的诗的感受。时隔多年,却是清香依旧!接着是《小兔子》的深邃,《第九夜》的荒诞,《登山日记》的超拔雄丽,每一本新作出来,总带给我们以精神上和审美上的震撼。感到这人的神思是如此地不可思议!

这次是《知青日记及后记》和《水·魅》。单说这知青日记,他原是为纪念那曾经的岁月,岁月中曾经的人和事而写的。四十篇,加上一片后记。他写的都是往日的故事,那些人物和事件如今看来很是有趣,却是异常,细想则让人不免心酸。我们不妨从第一首《伊忠仁》读起,伊忠仁是普通人,其生平充满传奇色彩。先是断了一根食指(民兵训练碰响了反坦克地雷引信),后来自己动手断了一根尾指:

> 是因为他与嫂子的恋情
> 他哥哥的哭诉引发了家庭灾难
> 他操起菜刀斩断尾指以示悔恨
> 一只大公鸡飞奔而来啄去尾指
> 又飞奔而去从此不见踪影
> 我想
> 这可是一场人间悲情令人伤心

> 因为他与嫂子青梅竹马
> 因为他的爹决定了这场婚姻
>
> 一个冬夜我们彻夜未眠
> 我们把一块八毛八分一斤的地瓜干酒喝了两斤
> ——
> 2006年的下雨时节
> 我在家乡的小城又与他共饮
> 他总戴着帽子遮着他的秃顶
> 我提起往事他说绝不可能曾经发生
>
> 笑了笑　我举杯敬酒心在酸痛
> 是的　那些往事绝不可能曾经发生

　　这里说的是一个普通人的故事，他的笔墨甚少修饰而近于"实录"。其实说是实录却又未必，他肯定对此作了剪裁，例如从此人复杂人生经历中，单单截取两次断指的情节以表现他的传奇色彩即是。然而这里又不是一般的奇人奇事，而是通过这一普通人的经历，含蓄地寄托了异常年代的感慨唏嘘。诗的后半段，"他总戴着帽子遮着他的秃顶"，这一细节说明岁月不居，当年的青春年少已成往事。诗的末段"那些往事绝不可能曾经发生"的重复出现，既是一种强调，也是一种回旋，是歌谣的复沓，更是"欲说还休"的无尽诗意。

　　再看《朱小玫》，写的是那年代曾经的"愤恨"和"鄙视"。他们因为出身的差异在当年"没有相互正眼过"。也是多年之后在一次列车重逢，彼此的身份变了，诗人写进来查票的她因为这意外的相遇而意外地"中途退出"。再后来，是诗人在家乡的一次盛宴之后，列车站长亲自进暖包车厢服务：

> 我看见她客客气气但总是垂着眼
> 我看见她又黑又胖但更威严
> 心有余悸但我也还算坦然
>
> 车开了　我看见她口吹哨子向列车敬礼再见

昔日因鄙视而引起的恨意和心结，此刻已化作远行列车的飘散云烟。还有《吴雅芳》，是一般的漂亮女孩的故事，包括诗人对她的"暗恋"，包括吴雅芳后来的失恋和伤心，也是这类女孩都会经常遇到的事。我注意到诗人写他们20年后在北京的小旅馆的相见，却是寥寥几笔写出了人物现今的内心和当日的遗留：

> 在她的小旅馆我们谈论往事
> 她坐得端正一本正经
> 她说别让女儿看着不对劲
>
> 是的
> 决不能让孩子们看着不对劲

此时结尾处的重复也是他看重的歌谣的复沓，不仅是意义的强调，而且是音乐性的追求。诗集里"上衣兜里总插着钢笔"的很有气派的黄会计，还有"从来就不修边幅"、因为老婆"性欲旺盛"而"害怕回家总在乡下巡逻"的段公安，还有，也是很漂亮的刘梅，她的婚姻和婚外情，诗人对她的情感，以及她今日的憔悴：

> 她还说厌恶插队的日子和夜晚
> 尤其是没有如热炕的冬天

> 我说　是的　我也并不喜欢插队的日子和夜晚
> 至今　我都渴望有一铺热炕让我温暖

骆英的本事不仅在于能够绘声绘色地（同时又是极其省俭地）叙述故事，而且能在他的谐趣和讽喻中让人感受到一望无边的灰色。都是凡人琐事，却于琐碎中看到一个完整的变态的时代。含泪的笑，吞声的哭，他能以貌似轻松的文笔写出那份让人透不过气的沉重。

骆英依然以诗叙事，但却是约而不繁。他以诗歌简练含蓄来写那事实的反复琐碎，例如"客客气气但总是垂着眼"，这简洁的一笔，写出了难堪，写出了惭愧，也许还有羞悔。《伊忠仁》和《朱小玫》不是小说，而是诗歌，但背后都有复杂的故事。诗人在处理这一原本应属于小说的题材时，表现了高度的诗歌自觉。他不仅知道节制，而且知道细节的选择和过程的简化，最后他完成了一个个简洁的诗歌文本。

骆英在讲述往昔岁月里的人和事时，他做到：在纠结中袒露心怀，在调侃中隐藏悲情，在愤恨中含蕴宽容，在批判中显示悲悯。骆英的笔墨散淡自然，娓娓道来，轻松自然，不夸张，无矫情，即使是地动山摇，心旌摇曳，却依然是平静、从容、客观。知青日记中事事与己有关，更与故事中人有关，他只是用平常的语调，而把那些扭曲时代的荒诞与悲情、那强烈的批判意识，隐藏在语词的后面，不是通过讲述，而更多是借诸联想、想象去引申、去阐发那含蓄的文字之外的隐意。

人们均知，叙事不是诗的专擅，抒情乃是诗的根本。以诗说事，往往事倍功半，以诗言情，可以繁星满天，奔腾激荡。反顾古今名篇，抒情之经典不计其数，而叙事之优长者寥若晨星。叙事诗之能在民间口耳相传的，南北朝仅《孔雀东南飞》《木兰辞》诸篇，唐乃诗之盛世，抒情之秀者何止千百，而叙事之择其优者，亦仅白居易《长恨歌》《琵琶行》数篇而已。是以论者曰，抒情乃诗之正体，叙述系诗之别体。

说到骆英，他不是不知此理，而是知难而进。这也如同做企业那样，他妙算于心，偏要在常人的通识之外另辟蹊径，在常人做不到的地方做出惊人的事。我们看骆英近年创作，总是在人们不经意间推出让人耳目一新的惊人之举。谁能预料到《小兔子》之后推出的是《登山日记》？谁又能预料之后出现的会是《第九夜》？现在轮到《知青日记》和《水·魅》了。至少在我的视野里，《知青日记》的叙事尝试是成功的，骆英的实践证明，抒情的诗是可以用来说事的，关键在于你是否把握住诗的基本特性。这一点，骆英做到了。

2012年10月15日于北京大学中国诗歌研究院

骆英的《文革记忆》

这是一本勇敢而有价值的书。它所涉及的话题是沉重的,它能够译成外文在国外出版更是值得庆幸的。关于中国的"文化大革命",可以从许多方面谈论,政治的、文化的、历史的、哲学的,等等。骆英的谈论是诗的方式。在诗的方式中,也可以有正方和反方的区别。骆英对"文革"基本上采取了鲜明的批判向度——当然他是通过诗的方式即艺术的方式。这本诗集对"文革"的评价有很强的批判性。当然,也有他基于中国实际的难以回避的"理解"。

发生在上个世纪六七十年代的"文革",是一场声势浩大的政治运动,上自最高的决策者,下及亿万民众,无不裹挟在愚昧而又可笑的混乱之中。这是一场震惊世界的大事件,也是中国的"史无前例"。骆英避开了大叙事的书写,他选取现实生活中的细节或片段、特别是与他个人的记忆有关的事件和人物予以诗意的再现。这些片段的记忆有很强的真实性,有些事件是诗人的亲历,有些人物和故事,则是发生在诗人的亲人和朋友中间的。所以读骆英的诗,有强烈的身历其境的感受。

在骆英的笔下,那些委屈的、无奈的,以及卑微的、猥琐的人物,这一切都在号称庄严伟大的大命题下现形。骆英擅长于用诗的语言"说"故事，简洁，生动，往往寥寥几笔便把那人的个性勾画得如闻其声，如见其人。他犀利的笔墨把人性的弱点刻画得入木三分。托戏虐以寄心酸，借调侃以状惨烈，以神圣的名义表现现实的丑陋和卑劣，骆英的文笔充满了讽喻的意味，看似轻松的背后往往是无声的愤怒和抗议。

讽喻的背后有悲哀，调笑的背后有眼泪，荒诞的背后有血污——这是些含泪之笑。跟随着骆英的讲述，我们从特定的角度重温了那一场长达十年的悲剧的历史，诗歌给我们以警醒。这些诗篇所展示的一个侧面又一个侧面，它们组成了一个全景，活活地勾勒了一个谎言和欺骗的年代，它警示我们，悲剧不容许重演，中国人有足够的智慧和信心告别黑暗和迷信，以坦然的步伐走向文明、进步和民主。

2014 年 6 月 28 日

每年这一天
——海子逝世二十年祭

每年这一天都是春暖花开的日子。今天下午我走过校园，那一片迎春花开满了星星一样的花朵——是迎春，不是连翘，许多人都把连翘当成了迎春，迎春花开得比连翘还要早。那迎春花，是一种迫不及待的灿烂辉煌！

这是一年一度的春暖花开的日子，一年一度的迎春花星星般地点亮了校园的春天。走在校园里，想象着这是诗人在向我们报告春天的消息，心里有一种感动，有点怅惘又有点温暖的感动。

最早认识海子，那时他远未成名。我在他刻写的（或者是在他手抄的）小本子上读到了他的许多短诗，其中就有《亚洲铜》。那是20世纪80年代的某一天，海子那时还是北大法律系的学生。是在我家，应该是在蔚秀园的那个公寓的五楼上。这是我和海子的第一次见面。一见面，就没有忘记他，没有忘记他这个人和他的《亚洲铜》。

他写着仅仅属于他的与众不同的诗。当大家都被朦胧诗的英雄理想情结所激动的时候，海子向我们展示了神奇的另一片陌生的天空。就在这首题为《亚洲铜》的诗里，他谈到屈原遗落在河边的白鞋子，谈到飞鸟和野花，海水、月亮还有死亡。这是一些全新的意象，随后，我们也认识并熟知了他的麦地、麦地尽头的村庄，村庄里的母亲和姐妹，它的空虚和寒冷。

海子是始终都在为春天歌唱的诗人。1989年3月，他继1987、1988年后，第三次修改写于三年前的《春天》这首诗：这是春天，这是最后的春天，我面对的春天，我就是它的鲜血和希望。《春天，十个海子》也许是他的绝笔，写于1989年3月14日，那是凌晨3—4点的时分：在春天，十个海子全部复活，在春天，野蛮而悲伤的海子，就剩下这一个——

> 这是一个黑夜的孩子，沉浸于冬天，倾心死亡
> 不能自拔，热爱着空虚而寒冷的乡村

海子石——谢冕题

今天的会上我与郁文相遇，我们回忆了那个难忘的夏天，是他和阎月君携带海子遗诗交我保存。我知道这是骆一禾用他年轻的生命整理、保护，并郑重地托付他们两位的。我知道这批诗稿的分量。我记住了郁文和阎月君的深深的友情，记住了骆一禾和海子匆忙而辉煌的生命，记住了中国现代诗歌那悲哀而惨烈的一页。

最后一次和海子见面是在拉萨。是那个惨烈的夏天之前的一个夏天，我们相见在布达拉宫前面的一所房屋。随后，海子就开始了他在西藏的漫游。拉萨一别，我们再不见面，直至令人哀伤的消息传来。但是我们不会忘记他，春天也不会忘记他。他也没忘了在春暖花开的时节来与我们相聚。

那是1992年的春天，我在"批评家周末"主持了纪念海子逝世三周年的纪念会。我在致辞中说："时间是无声无息的流水，但这三年带给我们的不是遗忘。我们对海子的思念，似乎是时间愈久而愈深刻。"

1999年，海子逝世10周年，崔卫平主编了一本叫做《不死的海子》的纪念文集，我写了序言。我说，"作为过程，这诗人的一生过于短促了，他的才华来不及充分地展示便宣告结束是他的不幸；但他以让人惊心动魄的短暂而赢得人们久远的怀念，而且，于是久远这种怀念便愈是殷切，却非所有诗人都能拥有的幸运。这不能与他的猝然消失无关，但却与这位诗人对于诗歌的贡献绝对有关"。

一个诗人的一生不一定要写很多诗，有一些诗让人记住了就是诗人的幸运。海子的诗让我们记住了，他也就在我们的记忆中活着。让我们如同海子那样，热爱诗歌，热爱春天，作为年长的人，我还要加上一个：热爱生命！

2009年3月26日，于北京大学
第十届未名诗歌节暨海子逝世二十周年纪念会

今夜，我在德令哈

20多年前，一位诗人来到距离北京很遥远的一座城市。他为这座城市，也为他自己、为他心爱的姐姐写了一首诗。因为太遥远，人们对这座城市很陌生，但是，多情的城市记住了他。令人感动的是，在他离开人世整整24年之后，多情的城市以他的名义，以今天这样隆重的方式举办了首届海子青年诗歌节。

为了配合这次活动，《柴达木日报》从2012年7月24日起，连续六天以整版篇幅发表了他的诗、他的朋友的诗，以及纪念他的文章。这座城市的义举，感动了全中国的诗人。他们乘坐飞机、火车，再经过长途汽车，忘了旅途的辛苦，从四面八方聚集在这里，以诗歌的名义怀念他，也以诗歌的名义感谢这座城市。

海子说，今夜，我在德令哈。也是昨夜，我坐在海子经过的这座城市的一方书案前，照他的样子接着说，今夜，我在德令哈。我在写这些文字的时候，窗外潇潇地下着雨，如同当年当日，海子隔着车窗的雨帘所见那样，潇潇地下着雨。

那些隐身在云层深处的神明，好像感应了这种人间的温情。它们，没忘了20多年前的那场雨。从昨天下午直到晚上我写这篇文字的时候，我的窗外始终都在潇潇地下着这场充满思念的多情的雨。

海子写：雨水中一座荒凉的城。其实那城市未必荒凉，荒凉的是他的心。在座的燎原先生应该清楚，海子写这诗的时候，应该是1988年的现在这个时候，要是我的记忆没有错，那一年，他也许是从德令哈一路走到格尔木，再从格尔木翻越唐古拉山到了拉萨，或者说，他从格尔木先到拉萨，在格尔木通往德令哈的列车上，认识了这座当时并不知名的城市。当年的海子，满眼都是戈壁，都是荒凉。

1988年，海子到达拉萨的时候，我也在拉萨。我们在布达拉宫广场前的一座房屋里见过面，那是我和海子的最后一次见面。以后，便是令人伤心的1989年3月26日；以后，便是骆一禾整理遗稿，写海子生平；以后，便是同年5月，骆一禾因积劳病倒辞世；再以后，便是同年6月10日，北京的师友在八宝山送别骆一禾那个同样令人伤心的时刻。

朋友们记住了这一切，诗歌界记住了他们，德令哈也记住了那位曾经到达这里，并在列车上的夜晚，在雨中，在灯下，写《姐姐，今夜我在德令哈》的那个人。

20多年不曾遗忘。20多年后的今天，人们用这种方式怀念诗人、怀念德令哈的那个夜晚。作为来自和海子同一所学校的我，今天在这里，愿意以校友和老师的身份感谢青海、感谢德令哈、感谢这一片多情多义的土地。

我祝愿首届海子青年诗歌节圆满成功，更希望这个诗歌节如同青海湖国际诗歌节和世界山地纪录片节那样，有了美好的开头，更有美好的延续。每一年，在这个时候，我们都来这儿和诗人相聚，如同每年的迎春花开时节，北大的师生和他相聚一样。

2012年7月30日于德令哈

太阳花岛的纪念

秦皇岛,山海关,北戴河,连成一片的是燕赵的浩气长虹。雄关巍峨,大海浩瀚,碧波翠岭,赏心悦目的是华北平原少有的瑰丽风景。以往到秦皇岛,总带着一番由衷的欢喜。但自那年春天以后,那铁轨,那月台,那路旁开得灿烂的野花,仿佛都蒙上了一层拨不开的悲伤。前年到秦皇岛,赵永红引领我们到了龙家营,找到了那块让人伤感的路桩,那周围依然灿烂地开满了野花,黄的是野菊,紫的是二月兰,那是海子在迎接我们。记得那天陪我的还有刘希全,他一路没有说话。

太阳花岛,一座小小的开满野花的岛,面对的也是一个小小的湖,湖的对岸是海洋公园。海子生前爱静,这里避开了喧嚣的市廛,他一定会喜欢的。永红告诉我,这个小岛原先没有名字,是她从海子的《弥赛亚》中寻到的名字:"太阳,让我把生命铺在你的脚下,为一切阳光开路,献给你,这首浸透了阳光和海水的长诗。"岛上立着一块碑石,是"海子石"。这巨石是有情有义的赵永红和李忠宝从很远的山上找到的,他们用大卡车运到了这里——面朝大海,春暖花开。

永红实现了这个理想,她很惬意,她说,"像一个小女孩,本来只想要一朵玫瑰,却得到了一大束"。其实,太阳花岛就是永红和秦皇岛的朋友们献给海子的永不凋谢的花。每年的春暖花开时节,诗人们和爱诗的学生们都会聚到太阳花岛，在"海子石"旁献上一束野花，读他的诗，怀想他并不快活的一生：春天，十个海子一起复活。秦皇岛市文联，特别是海港区的朋友们，为了纪念海子，他们在这里举行纪念活动，读诗，研讨，朗诵，写作，已经坚持好几年了。他们也如海子的母校北大，每年的迎春花开时节，都举行活动，朗诵会，还有评奖。这一切，为的是继承和发扬海子的诗歌理想。

　　与海子是在北大相遇，80年代吧，他是法律系的学生，由别的同学陪同来看我。记得是手抄本上他的诗，其中有《亚洲铜》。"击鼓之后，我们把在黑暗中跳舞的心脏叫做月亮"，意象新异，与当时流行的不同。一下子就记住了。他是朦胧诗以后全新的一种写作，也是仅仅属于他一个人的写作。可惜的是当年大家都陷在朦胧诗的热潮中出不来，人们尚不认识他的价值。当年的海子是寂寞的，贫穷，孤独，缺

在龙家营，找到了那块让人伤感的路桩

乏知音（陪伴他的只有西川和骆一禾少数的几位），加上其他方面的原因，终其一生，他总是落落寡欢。

记得不久前，在德令哈，青海省海西州首府，一个边远的小城，那天下着大雨，我们冒雨举行了首届海子青年诗歌节。在离北京遥远的德令哈，海子留下了一首诗：《日记》。记的也是伤心的往事，那年雨中火车停靠在德令哈，海子想念他心中的姐姐——这是姐姐的家。今夜，我在德令哈，但海子拥有的是一座寂寞而空旷的城。雨是不停地在下，列车停靠的站台也是雨帘如织。海子说，姐姐，今夜我不关心人类，我只想你。我在德令哈的那个夜晚，我想起诗人内心的索寞，有一种深切的哀痛。

记得也是不久前，一个刊物索要我的字，我苦于没有适当的言辞，匆忙间记起海子的诗："从明天起，做一个幸福的人。"冥冥中觉得是他在助我。一个诗人，短暂的生命结束了，因为留下了令人过目不忘的、可以传诵的诗篇，人们便记住了他。作为一个诗人，他是幸运的。"在春天，野蛮而悲伤的海子，/就剩下这一个，最后一个，/这是一个黑夜的孩子，沉浸于冬天，倾心死亡，不能自拔，热爱着空虚而寒冷的村庄。"① 这是他最后的诗句吗？这是他在向我们诀别吗？

燕园鸣鹤园路边的迎春花，夜雨中的德令哈，早春季节的山海关、龙家营，列车呼啸着奔向遥远的远方。我们送上一束野花，斜斜地依傍那块巨石，在太阳花小岛，我们深情地纪念着这个短暂而又长远的生命。

2014 年 7 月 2 日于北京大学

---

① 海子：《春天，十个海子》。

辑四 言说

校园外的庆祝
——"百年中国文学研讨会"开幕辞

今天是1998年的5月6日。我们避开了燕园的热闹和喧哗,在西郊绿杨覆盖的这座幽静的宾舍,开一个简短而实在的会议,庆祝我们共同的作品《百年中国文学总系》的出版。这是一件很让人高兴的事。

这一套书的作者都来自北大,或与北大有亲密的关系。"百年文学"与"百年北大"这两个题目,在我们这里被连在了一起。我们能在这样的日子,在这样的场合,在这样的名义下聚会,更是一件值得纪念的事。

这套书第一卷的年代是1898,现在是1998。这两个年代赋予我们今天的会议以某种庄严肃穆之感。中国社会和中国文学都会记住1898前后所展开的那种追求和奋斗。那一场悲壮的经历影响和决定了中国文学的命运。我们的写作也是在这样的大背景下进行的。

今天会议的题目是"百年中国文学",我们的意图是希望在这样的题目下,共同探讨一下我们所认识的这一百年中国文学发展的轨迹和规律,它在告别古典追求现代的过程中展现出来的品质和特征,以及从上一个世纪末到这一个世纪末,中国知识者在创造新文学过程中的经验和体悟,等等。会议的题目是宽泛的,会议的内容是丰富的,我们的谈论则是自由的。

《中国百年文学总系》在"批评家周末"进行了多年，我们这套书从写作到出版，历时也将及三年。我本人很难忘记1995年11月10日这一个日子。是这一天，我们和山东教育出版社正式地共同负载了这个大工程。隋千存先生、祝丽小姐专程从济南来到北大，今天到会的严家炎先生、洪子诚先生、钱理群先生、陈顺馨小姐，以及本书各卷的作者们都参加了那天的会议。这三年，我们共同承当了艰难、痛苦和焦虑，也分享了今天的欢乐。特别是祝丽和隋千存二位，更是付出了百倍的辛苦。我谨代表各位作者向我们亲密的朋友山东教育出版社、向专程赶来参加会议的王社长，以及隋千存、祝丽表示我们深深的谢意！

这套书是我们共同的创造。我们认真地付出了辛劳，我们也必然留下了遗憾，我们期待着读者和专家的批评和鉴定。但不论存在什么样的缺点，我们可以自慰的是，我们始终是以饱满的热情，投身于我们认定的目标的。

未名湖

这套书最初的构想,受到黄仁宇先生《万历十五年》的启发。我们文学研究的切入点和写作,也不同于通行的文学史。在纵向的层面上,在一百年的文学发展中,选取一个我们认为有意义的年代,在这一年中,选取若干我们认为有意义的事件和现象,灵活地、有弹性地横向展开我们的考察,从而综合出对一个阶段文学规律的认识。这就是我们通常谈到的,这套书创意和写作的如下三个特点:手风琴式的展开;拼盘式的组合;大文学的视点。我们摈弃以往文学史研究的模式,也不把目光仅仅停留在文学上,我们把文学和文化、学术史和思想史作出了自由的打通和组合。

这个工作现在已告完成。我们急匆匆的工作当然留下了遗憾,我们诚恳地期待着来自各方的批评。北大建校之后,即有广纳众家、学术自由的传统。特别是蔡元培校长主政北大之后,更是倡导学术民主、思想自由的精神。我们这些北大人,受到母校的培育,多少受到上述精神的熏陶。这套书的写作和出版也如此,大体上也是各人自说自话。言论一律不是北大的传统,多种多样和不同凡响的思考和表达,才是北大的常态。学术研究的至乐,我以为是在个人的思想得到自由表达的时候。

我们就是这样,用我们认真而辛勤的劳作,避开了这一段时间的热闹,以我们自有的方式,祝贺母校的百年校庆。

1998 年 5 月 6 日于北京西郊绿杨宾舍

为诗歌感恩
——在中坤诗歌发展基金捐赠仪式暨诗歌界迎春会上的致辞

今天这个会议，是中坤集团的捐赠签字仪式。大家冒着冬天的寒冷到这里来，给这里带来了春天的温暖和喜悦。诗歌从来都是清贫的事业。在当今这样普遍重视物质的年代，作为精神领域的诗歌益发显得寂寞。我们的诗人就这样守着清贫而寂寞的一角，默默地为社会和人群贡献着美丽和生动。

我有很多诗歌界朋友，他们大都是清贫的，而且也总是寂寞的。后来有些朋友从商了，他们反过来回报诗歌，这情景总让人感动。今天向诗歌界捐赠的中坤集团，它的领导人骆英先生，二十多年前在北京大学求学。毕业后事业越做越大，越做越辉煌，但他没忘了诗歌，没忘了母校，没忘了老师。他一次又一次地向清贫而寂寞的诗歌伸出了热情之手、救援之手。这次更是以三个一千万的巨额资金来回报社会。这在中国诗歌界是空前的义举和壮举。我们衷心感谢中坤集团，感谢诗人骆英先生。

骆英先生事业发达之后，不忘回报社会，不忘回报学校，这举动的本身用一般的关怀或奉献来表达都不够。我觉得其中有一种非常可贵的品质，那就是基于人类大爱的感恩之心。在这里，企业家的骆英凸显了他作为诗人的最值得珍贵的品质。

　　一个人自幼及长、一生一世，在他的成长过程中，受过从父母、师长、同学、同事、朋友，从幼儿园的阿姨、医生、护士，乃至于无数素不相识的人们的真诚的帮助甚至救护，他对此铭记于心，永志不忘。他寻求一切机会来表达他的感激，不是投桃报李，而是滴水涌泉！我们对天地万物，对生我养我助我爱我的一切以心相报，这就是感恩。诗人骆英、企业家黄怒波就是这样，向我们展示了他人格中最温柔的一面。

　　我的话讲完了。祝愿大家新春快乐，阖家幸福。祝愿中国诗歌繁荣发展。同样，我们对一切帮助过诗歌的人，怀着深深的感恩之情。

　　　　　　　　2006年1月21日于北京大学勺园

为了中国诗歌的建设
——在北京大学科学研究会议上的发言

各位领导，各位老师，现在，我代表北京大学中国新诗研究所向大会作如下的工作汇报：

在中国文学史上，新诗的创立是一件惊天动地的大事。那一代诗人，他们通过语言、形式的现代变革，在中国诗歌的古老传统之外，开辟了一个崭新的美学空间。胡适把新诗的产生称之为辛亥革命以来的"一件大事"。北京大学作为中国新诗的发祥地，在这一历史性的创造过程中无疑占据着极为重要的位置。最初，胡适的白话诗实验，就是在北大首先得到响应并取得成功的。陈独秀、钱玄同、刘半农、沈尹默、周作人、鲁迅、康白情、俞平伯、傅斯年、罗家伦等北大师生的实践，在新诗的发生史上留下了不可磨灭的印记。在随后近百年的新诗历史上，北京大学又在各个时期为新诗贡献出像朱自清、冯至、何其芳、卞之琳等这样一批又一批的杰出诗人。可以说，北京大学哺育了新诗，又见证了它的历史。1956年，林庚先生在为北大学生刊物《红楼》创刊所题的诗中，称北大为"新诗摇篮旁的心"，这比喻是非常形象也非常贴切的。

上世纪80年代以来，北京大学在中国新诗研究与创作领域，仍扮演着重要的角色。北大师生率先支持了新诗潮旨在拨乱反正的锐意变革。在学术研究方面，北京大学中国语言文学研究所曾以"新诗研究中心"的名义，邀请校内外从事新诗研究的相关学者，开展过诗歌专题研讨、海外诗人讲座等一系列学术活动，并主持编辑国内第一家、当时也是唯一的一家诗歌研究杂志《诗探索》。北大的一些老师谢冕、孙玉石、洪子诚等在有关现当代诗歌的历史整理和深入探讨中，开创了新诗史研究和新诗理论批评的新局面。他们对当代诗歌的热情的支持，直接促进了中国新时期诗歌的发展，也支持鼓舞了更多的青年诗人。

在北大校园，骆一禾、海子、西川、臧棣、清平、麦芒、戈麦、西渡等一批青年诗人的出现，也有力地推动了当代诗歌的繁荣。由北大校园诗人编辑的《新诗潮诗集》《未名湖诗选》《启明星》《偏移》等书刊，也对诗歌界产生了广泛的影响。从2000年开始，为了展示当代诗歌的整体面貌，大型诗歌活动"未名诗歌节"，又在北大一年一度地举行。人们谈论中国当代诗歌，北大更是无法绕过的名字。

保存并发扬这一悠久的新诗传统，是北大学人不可推卸的使命。在消费主义、大众文化兴起的时代，严肃文学的处境越来越边缘化，作为一门提升文化价值、塑造民族精神的艺术，诗歌的生存与发展也面临着严重的挑战。面对新的时代现实，在历史的追溯与检讨中，思考激发新诗的活力，重新申明新诗在语言上、文化上的历史必然性和存在合理性，并通过卓有成效的工作，在诗歌创作与学院研究、诗人自我与读者大众、提高精神品位与向实际人生延伸之间，架起沟通的桥梁，也是北大学人的庄严责任。

基于上述考虑，在北京大学中坤学术基金的支持下，2004年6月北京大学诗歌中心中国新诗研究所正式成立。本所由谢冕教授担任所长，孙玉石、洪子诚、张剑福、骆英任副所长，臧棣、姜涛为所长助理，并聘请20余名国内知名的诗歌研究专家、学者为研究员。这些举措，旨在发扬北京大学在新诗研究领域的传统优势，继续有力地全面推进新诗的研究与批评，为中国的新诗建设做出北大应有的贡献。

新诗研究所成立的时间不长,诸多工作计划尚在展开之中,但在校、系领导及中坤集团的支持下,依靠研究所同人的集体努力,在一年多的时间中,我们开展了如下五个方面的工作:

一、以重点课题为枢纽,深化新诗历史的研究。新诗诞生的历史,虽然还不足百年,但经历的挫折和教训,取得的成果和经验已成为一份丰厚的历史资源。在以往的研究的基础上,进一步清理这份遗产,是新诗研究所工作的重点。此前,我们已开展过一系列重大研究课题:谢冕主持的《20世纪中国新诗大系》,编撰工作已完成,条件成熟即可出版,此书囊括了20世纪新诗发展史上的众多诗人、流派和理论,是对新诗历史的一次集中全面的展示;洪子诚主持的当代新诗史研究,将当代诗歌的最新动态纳入研究的视野,其学术开创的意义已引起学界的关注;孙玉石主持的"解诗学"理论及其实践,在学理上阐发了"解诗学"的源流与发展,在"晦涩"的现代诗歌和读者之间建立沟通的桥梁;青年教师臧棣进行的新诗现代性研究、吴晓东进行的现代诗歌文本分析研究、姜涛进行的诗歌社会学方面的研究,也都取得相应的成果,其中大部分成果已转化为教学实践。

二、以出版展示成果,激发新的研究活力。为了鼓励新诗研究的继续开展,扶持新锐的学术思路,新诗所将出版方面的工作列为另一个重点。2005年春,由研究所主编的"新诗研究丛书"以及学术集刊《新诗评论》,由北京大学出版社相继推出。"新诗研究丛书"旨在展示新诗史研究方面的最新成果,目前已出版洪子诚的《中国当代新诗史》、姜涛的《新诗集与中国新诗的发生》、张桃洲的《现代汉语的诗性空间》三种,孙玉石的《中国现代诗歌论集》、臧棣的《四十年代诗歌的现代性》、刘继业的《大众化与纯诗化》等另外几种,也将在今年相继问世。学术集刊《新诗评论》的创办,则试图为诗歌研究、批评界打造一个展示前沿思路的平台。《新诗评论》现已出版三辑,今后计划以每年3—4辑的频率连续推出。这两种出版物的问世,引起广泛的关注,《中华读书报》《中国图书评论》等报刊都进行过专门报道,在首都师范大学还将进行专门的研讨。新诗所建立后,决定重新参与《诗探索》的编辑出版事务。这样,北大就同时拥有了国内最有影响的两家诗歌理论批评的刊物。

今年,我们还正式启动了两项重大的科研计划。一是由谢冕主持的《中国新诗总系》的浩大工程。由本所人员承担全部工作。此书共分十卷,总字数约600万字。除总序外,各卷主编均撰写万字以上的长篇序言,而且要求所用材料均是最初和首刊的版本。另一重大项目是由孙玉石主持的《中国现代诗论丛编》,预计总数为15—20卷,总字数大约为1000万字。该书内容囊括了1949年以前最重要的新诗理论文献,是目前国内规模最大、也最全面的学术史料的汇集。此书也由本所相关人员并邀请所外人员共同完成。上述两项工作计划在2007年上半年完成案头工作,争取在2008年北大校庆110周年时正式出版。

三、举办学术会议,构造诗人、学者对话的空间。在新诗研究所成立后的一年多时间里,已举办学术会议六次,包括:"呼唤诗歌的回归"研讨会(2004年6月)、诗歌史写作研讨会(2004年7月)、"黄山诗会"(2004年10月)、都市诗人研讨会(2004年11月)、"城市诗圆桌"研讨会(2005年4月)、中国新诗一百年国际学术会议(2005年8月)。这一系列会议的举办,在学界引起热烈的反响。其中"黄山诗会"汇聚几十位学者、批评家和诗人于安徽黄山,打破以往此类活动局限于小圈子的缺陷,让学院研究和当下的诗歌创作相成交流和互动。中国新诗一百年国际学术会议盛况空前,来自十多个国家地区的诗歌领域的近百位专家学者,对百年新诗的历程进行深入研讨举行如此规模和层次的会议,在新诗研究界尚属首次。另外,研究所还在北京大学主办了"中坤诗歌讲坛",先后邀请国内外著名的诗人、学者举办诗歌方面的专题讲座。

今年,我们将继续举办主题为"跨越时空的新诗写作"的两岸四地大型诗歌研讨会。计划邀请中国大陆、台湾、香港、澳门以及国际最有影响的诗歌理论批评家与会。这也是旨在促进和扩大海峡两岸文化交流，繁荣中国新诗事业的一次盛会。据我们所知，像这样集中全国各地最有代表性的专家学者，在多方位的比较中共商中国新诗在不同的环境中形成的写作特点，以前还没有举行过。

四、在出版、会议之外，新诗研究所还在2005年4月成功地举办了"未名湖诗歌节"。北大未名湖诗歌节本来由学生社团筹划组织，此前曾举办了5届，在社会上产生了一定的影响。2005年，新诗研究所直接介入了诗歌节的筹备与开展，并正式定名为"北京大学诗歌节"。第6届北京大学诗歌节历时近一个月，相继组织了十余场活动，包括"未名湖诗会"、多媒体朗诵、女性诗歌专场、方言与外语朗诵、骆英诗歌音乐晚会、朦胧诗与后朦胧诗论坛、诗歌讲座等。音乐节还设立了未名高校诗歌奖，在全国高校范围内发现与扶植诗歌创作的新锐力量。首届诗歌奖有十位同学获奖。"北京大学诗歌节"已成为中国当下最有影响力的诗歌盛会。它的意义不仅在于繁荣了校园文化生活，也在诗人与读者、诗人与研究者之间形成积极的互动，从而对中国的诗歌发展起到促进作用。

五、北大中国新诗研究所，始终把关注的目光投向新诗事业的未来。现在的一批年长的研究人员都是经历了中国新诗发展的大部分时间的专家，他们对中国新诗的荣辱盛衰有深切的感受，他们是中国新诗诸多事件的亲历者，并有丰富的学术积累。目前，他们虽然已从教学研究的第一线推出，但仍然竭尽全力承担了许多重大的研究项目。我们深知，像北大这样历史悠久、学术积累深厚的学校，要保持它的学术优势、发扬它的学术传统，就需要不断地培养学术的后备力量，形成源源不断的接力赛。为此，就需要特别重视对年轻一代学人的培养和扶持。新诗所的所有项目都重视吸引年轻学者的参与，鼓励他们承担教学科研第一线的工作。此外，我们还通过"燕园新诗文库"、"燕园青年诗人诗丛"，以及相关的招标项目，接纳这些年轻学者的科研创作成果。新诗所特别拨出经费，资助在读博士生研究新诗的课题。我们的这些举措，都旨在使北大在中国诗歌界产生生生不息的积极影响。

我们长期在北大工作，我们以北大和中国新诗传统悠久而深厚的历史渊源而自豪。我们十分珍惜这一切。北京大学与中国新诗的这种亲密的关系应当永远地保持和发扬下去，一种沉重的历史使命感鼓励着我们，我们希望在我们的身后有一个长长的队伍，总在继续着这个事业，也始终无愧于这个事业。中国新诗研究所的建立和它的未来，永远都怀着这样的理念。

在"五四"的新文学革命中，新诗的产生和建立是一场艰巨的攻坚战。可以说，由于新诗的出现和试验的成功，使这场空前的文学革命终于站稳了脚跟。20世纪中国发生过许多重大的事件，但新文学和新诗的出现是文化建设中最重要的一件大事。我们现在所进行的一切努力，我们对新诗事业的热情投入，都来源于对这一重大文化建设成果的认知。我们希望我们所进行的努力，能给已经过去的20世纪留下一个永久的纪念。

新诗所现在是虚体的研究机构。除了几位退休教授，日常工作均由几位年轻教师和几位行政人员兼职。可以说，我们全体都是诗歌工作的志愿者和义工。虚体有它的好处，主要是没有臃肿的行政机构的负担，办事灵活快捷。但也有困难，简单地说来，我们需要有一个办公场所，还需要有一枚小小的公章，以便堆放日益增多的资料和对外联系。

北京大学新诗研究所成立仅有一年多，各项工作刚上轨道，还有很多空间可待开掘。今后，在继续上述五个方面工作的基础上，我们还要进一步开阔视野，吸引更多的学人，整合更多的资源，使北大的新诗传统薪火相传，让诗歌精神扩张延伸到校园之外。

2006年5月13日于北京大学秋林讲演厅
（本文根据姜涛起草的汇报材料补充写成）

主持人的开场白
——在新世纪中国新诗学术研讨会开幕式上的致辞

由北京大学中国新诗研究所和首都师范大学中国诗歌研究中心联合举办的新世纪中国新诗学术研讨会现在开幕。

今天的开幕式安排在北京大学举行,有我们的一番考虑。因为中国新诗的历史和北京大学的关系极深,在北大谈论新诗会有一种置身现场的亲切感。

公元1916年,胡适创作了题为《答梅觐庄——白话诗》的第一首白话诗,是为中国新诗最初的尝试,距今已是整整90年。在那里,胡适对未来的新的文学寄予大希望:"要求今日的文学大家,把那些活泼泼的白话,拿来锻炼,拿来琢磨,拿来作文演说,作曲作歌,出几个白话的嚣俄,出几个白话的东坡。"

同年9月1日,陈独秀创办的《青年杂志》更名为《新青年》。这一年的12月26日,蔡元培出任北大校长。

次年,也就是1917年的1月1日,胡适在《新青年》2卷5号发表《文学改良刍议》。这一年,陈独秀进入北大,《新青年》编辑部也从上海迁入北京,迁入北大。这一年2月1日,《新青年》2卷6号发表陈独秀的《文学革命论》。这一年9月,胡适就任北大教授。

谢冕在新世纪中国新诗学术研讨会开幕式上致辞

到了1918年的1月,《新青年》4卷1号开始由北大同仁陈独秀、钱玄同、高一涵、胡适、李大钊、沈尹默轮流主持。主要撰稿人还有鲁迅和周作人。也就是这一期《新青年》推出了中国新文学的第一批作品新诗九首:胡适4首,沈尹默3首,刘半农2首。三位作者都是北大教授。

以上所述,都是"五四"新文化运动开始前三年发生的一些大事。这些事都与北大有关,也都发生在北大。由此可以看出,北大不仅是新文化运动的发祥地,也是中国新诗的摇篮。我们今天在新诗的故乡聚会,是为了回望和纪念新诗近百年的艰苦而光荣的行程。

今天与会的朋友,来自中国大陆、台湾、香港和澳门,我们是家庭式的聚会。也有一些朋友来自其他国家,他们非常了解和热爱我们的文化，他们是我们的朋友和亲戚。我们今天的聚会充满了浓郁的亲情和友情。

中国历史悠久，幅员广阔，人文环境复杂，地域差别很大。今天到会的朋友来自中国的各个地方，他们为中国的新诗建设作过卓越的贡献，伴随着新诗走过艰难曲折的道路。历史正在翻过新的一页，往事正在变成天边的烟云，偏见和分歧正在被时间予以修正，有些正在被忘却。

我们非常珍惜今天的聚会。这样的聚会在以往隔绝和禁锢的年代是完全不可想象的。我们都感谢这个逐渐走向进步的时代，我们真诚地为中国新诗祝福！

2006年10月14日于北京大学中国新诗研究所

我也有一个梦想
——在北京大学中坤诗歌基金建立五周年学术论坛上的发言

今天的聚会来了很多朋友。他们来自北京和全国各地,张默先生来自台湾,最远的来自冰岛。冰岛属于北欧,是最遥远的靠近北极圈的北欧。在大西洋汹涌波涛中的冰岛,它的东边穿越挪威海峡和巴伦支海峡是欧洲大陆,它的西边接近格陵兰岛就是美洲大陆了。遍地都是冰川、雪山和温泉的冰岛,它的澄澈、透明以及地热蒸发的温情,足以使全世界的朋友对它心存感激。感谢这些近道和远道的前来参加我们会议的朋友们!

我为今天的聚会写了一篇简短的欢迎词,原先想用"我也有一个梦想"做题目。后来觉得不妥,因为《我有一个梦想》是美国伟大的马丁·路德·金著名的讲演的题目,我不敢僭用这个题目。尽管我加了一个"也"字,但仍然不敢接近他灼人的光芒。人生说到底都是为寻梦而来,伟大的人有伟大的梦,平常的人有平常的梦。人们总是拒绝噩梦,而且总是彼此祝福天天做个好梦。做梦的权利属于金,也属于我,更是属于大家的。想到这里,我的内心也就释然了。

借此机会,我想说说我自己。我用一生的时间只做了一个诗歌梦。孩提时节,我在南中国的夏夜,背诵过杜牧的"银烛秋光冷画屏,轻罗小扇扑流萤"①。少年无知,乱写新诗,精品绝无,倒是留下了"一地鸡毛"。及至少长,发现那时代不适于诗,于是自觉"封笔"。但是痴心成梦,毕竟心有不甘,作诗不成,转而读诗。从那时起,读古今中外的诗,也读今天到会的朋友的诗。我的梦想就是为诗歌做点事。我想,我的同事孙玉石、洪子诚、张剑福、骆英等各位先生,也和我一样怀有为诗歌做点事的小小的愿望。

有了梦想,实行起来却是千般万般的难。记得20世纪80年代,我曾主持过一个叫作中国语言文学研究所的机构,我不做文学,也不做语言,私下里只想做诗歌。我在研究所的名下"非法地"(因为未曾正式批准)成立了一个诗歌中心。一台光明牌的文字处理机,加上一个长期在北大周边"游走"的年轻人,开了几次会,编了几年的《诗探索》。这些都是义工,不仅没有报酬,而且常常要自掏腰包。因为没有办公场所,也没有经费,过了不久,也就"梦断燕园"了。

这就到了我们今天的会议。七年前,从天降下来一位贵人,此人就是今天到会的骆英。关于骆英,我已经在不同的几个场合谈到他了,今天与会的也多是熟人,也都知道的,此处就省略了。骆英的出现的确在我的眼前出现了一线光明。在他的支持下,七年前我们成立了新诗研究所,五年前建立了中坤诗歌基金,一年前在原有的基础上,成立了中国诗歌研究院。骆英为此投入了大量的财力和精力。这位我当年的学生,这位与我同样做着诗歌梦的诗人,由于他的出现,我不再"梦断燕园",而且得以"梦想成真"。

比起那些叱咤风云的人物,我们的工作是微不足道的,我们只是以平常心,做平常事,如前所说,梦也是平常梦。我经常感慨,人生

---

① 杜牧:《七夕》。

苦短，除了那些为数不多的杰出人物，大多数人的一生只能做一两件有意义的事。即使是这一两件事，如我曾经怀有的诗歌梦想，要没有时代的机缘和外力的支持，其结果也可能永远只是梦想而难于成真。

因为是在北大说到了梦，又说到了诗歌。我顿然想起在《野草》里写到诸多梦境的鲁迅先生。《野草》的《一觉》也许是先生梦醒之后的感慨。那天先生记起在北大的教员预备室，有位学生送给他《浅草》，他为这青年的赠品而欣悦，他谈到了《浅草》之后的《沉钟》："那沉钟就在这风沙的鸿洞中，深深地在人海的底里寂寞地鸣动。"先生说，"我爱这些流血和隐痛的魂灵，因为我觉得是在人间，是在人间活着。"①

这是《一觉》的结尾文字，我读后有悄悄的，也是深深的感动：

> 在编校中夕阳居然西下，灯火给我接续的光。各样的青春在眼前一一驰去了，身后但有昏黄的环绕。我疲劳着，捏着纸烟，在无名的思想中静静地合上了眼睛，看见很长的梦。然而惊觉，身外也还是环绕着昏黄；烟篆在不动的空气中上升，如几片小小夏云，徐徐幻出无名的形象。②

编《浅草》和《沉钟》的人中，有当年的冯至。先生怀念的和感慨的"驰去的青春"以及被昏黄环绕着的"很长的梦"，应该是在怀想北大的年轻诗人，以及中国诗歌的未来吧！

2011 年 9 月 24 日于北京大学

---

① 鲁迅：《野草·一觉》，《鲁迅全集·二》，第 211—212 页，人民文学出版社，1959 年。
② 同上。

向诗歌致敬

女士们，先生们，同学们：

　　首先，请允许我以中坤国际诗歌奖评委会和北京大学中国诗歌研究院的名义，欢迎各位应邀出席今天的盛会。

　　由中坤诗歌基金设立的中坤国际诗歌奖，每两年举办一次，每届分别授予一位中国诗人和一位外国诗人，此外，根据情况另设诗歌翻译奖，授予译介外国诗歌到中国的杰出的翻译家。应该说，全世界以各种语言写作的杰出诗人，都在我们的评选范围之中。但有一个条件，那就是国外诗人的作品必须译成中文，并在中国产生积极的影响的。

　　我们的工作始于2007年，为第一届，2009年为第二届，现在是第三届。中坤国际诗歌奖的前两届，是由中坤帕米尔艺术研究院主持的。感谢唐晓渡、西川和欧阳江河三位先生为这个奖项做了卓有成效的开创性的贡献，从而为我们后续的工作打下了坚实的基础。从第三届开始，评奖工作改由北大诗歌研究院主办。我们将秉承并完善上两届确立的秩序与准则，继续有效地开展这项旨在繁荣创作和促进国际交流的诗歌事业。

　　中坤国际诗歌奖的评奖委员会由学术界有影响的专家组成。评委会始终殷切期待着那些拥有丰硕的创作成果并享有读者盛誉的杰出诗

在第三届中坤国际诗歌奖颁奖仪式上谢冕为诗人牛汉颁奖

人进入自己的视野——评委会特别属意于那些具有深切的人文关怀、崇高的理想精神、独特而丰富的艺术经验，并形成稳定的创作风格的诗人能够成为这一奖项的获得者。中坤诗歌奖具有终生成就奖的性质。

我们之所以有上述这样的价值认定，源自我们长期形成并始终服膺的诗歌理念。在我们的心目中，诗歌不仅是一切艺术形式的高端，而且体现人类文明到达的极致，诗歌几乎就是高贵、儒雅和品位的同义词。诗歌从来都代表人类美好的情感、高尚的情操、博大的情怀，它始终以理想的光芒召唤人类的良知。

我们感谢诗歌，因为它在物质张扬的年代，带给我们以精神的丰满与充实；我们感谢诗歌，因为它在普遍缺乏情趣和想象力的平庸与琐碎中，给我们以梦想和安慰。诗歌告诉我们，世间的一切可能都是过眼烟云，而诗歌可能创造永恒。让我们像敬畏宗教一样敬畏诗歌，诗歌就是我们的宗教。

是的，我们是在表彰一种充分个性化和充满创造性地表达世界和自我的艺术，但我们更是在表彰一种始终与土地和人民欢乐与共、患难与共的可贵情感，我们更是在表彰一种充满悲悯、仁爱和伟大的人性光辉的精神、思想。

为此，我们选择中国最高学府的一座殿堂，举行这个神圣的颁奖典礼。我们选择了远离浮华和喧嚣，以隆重而庄严的方式，向诗歌致敬，向创造了诗歌的诗人致敬！

谢谢大家！

2011 年 12 月 6 日，于北京大学百年纪念讲堂

我们再一次为诗歌相聚[1]

我们再一次为诗歌相聚,为诗歌相聚总是带给我们快乐。我们是一群凡人,却又有超凡的灵智。诗歌使我们超越一切人间的藩篱而息息相通。加里·施奈德是美国人,叶夫图申科是俄国人,谷川俊太郎是日本人,亚当·扎加耶夫斯基是波兰人,我们语言不同,肤色不同,信仰也各异,但我们的心灵相通。

我个人特别欣慰能在我的学校与痖弦先生相见,感谢他不远万里[2]来到我们的现场接受我们对他的敬意。记得三年前我们在台湾相聚,曾有过一段共同的行旅。那日我们从台中来到台南,在台南的成功大学操场,那里有一棵大榕树,榕树的树荫遮住了半个操场。台湾南部濒临太平洋,海水蔚蓝,阳光明艳。我和痖弦就站在榕树下。

痖弦指着远处的一排房子说,那是我们当日的军营,我住在那里,司马中原和朱西宁也住在那里。痖弦说:"那时我们日夜挖坑道,怕你们打过来。"说话时他面带笑容,他知道我也曾是军人。我回答他说:"你在海的这边挖坑道,我在海的那边也挖坑道[3]。我也怕你们打过来。"

---

[1] 此为作者在第四届中坤国际诗歌奖颁奖会上的发言。
[2] 痖弦先生长住多伦多。
[3] 1952 年 10 月 11 日至 14 日,南日岛战斗失利后,我上岛备战,也是日夜挖坑道,1953 年随军离岛。

在第四届中坤国际诗歌奖颁奖仪式上谢冕为诗人痖弦颁奖

大榕树见证了我们的谈话。我们没有虚言,说的都是实情。那是20世纪50年代初,也许是某年某月,我们分隔在海峡两岸,我们隔海为"敌",但我们无从相识。岁月蹉跎,一切都过去了,我们终于化"敌"为友。

今天,在北京大学的百年纪念讲堂,在中国新诗的诞生地,我们用隆重的仪式欢迎痖弦先生和朋友们的到来。我们是响应诗歌的召唤而来的。我们已经把过去的阴影留在了身后,我们也把彼此的"你们"留在了身后。记得那次成功大学操场会面后,诗人詹澈为此写了一首诗,好像题目就叫《坑道》。

坑道或者误解是暂时的,尽管它为我们带来了伤痛和苦难。而诗歌和谅解是永远的,它带给我们的是爱心和信念,是心与心相通的幸福感。

2013年11月10日急就于昌平北七家

我们播种爱情

每隔两年，我们总要用这种方式向诗歌致敬。今年是第六届，就是说，这个工作我们已经坚持了12年。自从北大成立了诗歌研究院，我们就开始了这种向诗歌致敬的工作。我们知道，世界上有很多人在从事很多有意义的工作，有的人在种植水稻和玉米，有的人在开动电气列车，有一些人在城市清理道路，他们都是一些为世界造福的人。我们不同，我们只是诵读那些来自世界各地的诗人的诗篇，并为他们颁奖。

我们知道我们并没有为世界增添些什么，但我们沟通彼此的心灵，使所有的陌生者亲近和友爱，我们的工作是使所有的人感到温暖和幸福，我们播种爱情。在中国人的理念中，诗歌不是无用之物，诗是有用的。中国的智者讲：诗可以兴、可以观、可以群、可以怨。诗歌最重要的功能是表达情感，而表达情感之目的在于人类彼此相知、相爱。

我们生活的世界是美丽的，我知道今天到会的德国诗人扬·瓦格纳的家乡，有一条美丽的莱茵河，莱茵河的沿岸有茂密的森林，森林的缝隙露出同样美丽的教堂的尖顶。就是这片美丽的国土，曾经被眼泪和铁丝网所切割。甚至就在它的首都柏林最繁华的街区，曾经被筑起一道高墙。中国诗人艾青为此写下伤心的诗句：

一道墙,像一把刀
把一个城市切成两片
一半在东方
一半在西方

民族的创伤
谁也不喜欢这样的墙
三米高算得了什么
五十厘米厚算得了什么
四十五公里长算得了什么
再高一千倍
再厚一千倍
再长一千倍
又怎能阻挡
天上的云彩,风,雨和阳光

又怎能阻挡
飞鸟的翅膀和夜莺的歌唱[①]

　　所幸那道墙早已在世界上消失,人们正在用鲜花和绿荫覆盖历史的残痕,那里的夜莺在歌唱贝多芬的声音。这就是诗歌和音乐以玫瑰和竖琴的方式对于苦难和邪恶的取代,我们从中看到了人类的良知和智慧,我们对世界没有失去信心。

　　但世界并非没有缺憾,一些事情令我们不安。在地中海美丽的波浪间,漂浮着逃避战火的难民,那里的沙滩上留下婴儿的尸体。在巴

---

① 艾青:《墙》,1979年5月作于德国波恩。

第六届中坤国际诗歌奖颁奖典礼合影

格达和喀布尔,甚至就在巴黎圣母院和伦敦地铁车站,汽车炸弹的爆炸声令人惊恐。谁能挽救人类并唤醒人类的良知,此刻真的成了问题。作为诗人,我们曾经为自己民族的苦难而眼含泪水,我们显然不能对这天边的爆炸声无动于衷。我说过,诗歌是做梦的事业,让我们在梦想中升起希望,以诗歌抚慰那些受伤的心灵。此刻我们最大的愿望就是,告别仇恨,珍惜和平,让我们在硝烟和血腥的大地以诗歌播种爱情。

借此庄严的场合我敬告各位:我们将在中坤诗歌基金的支持下,继续这两年一度的诗歌评奖。我们的眼光向着全世界优秀的、杰出的、伟大的诗人和翻译家和批评家,以及为诗歌辛勤工作的组织者和编辑家。我们的能力有限,但我们的眼光是世界的。

2017年6月14日,于北京大学采薇阁

鲜花一般芬香的是诗歌[①]

亲爱的朋友们，这里是北京大学，今天这里来了许多朋友。远道的朋友来自法国，中国的朋友来自中国各地，他们都为诗歌而来。诗歌是当今世界最美丽的事业，我们的聚会是美丽的。现在，我代表北京大学中国诗歌研究院、代表中坤诗歌发展基金，也代表诗人骆英欢迎大家的到来。

今天是中法诗歌节的首日。我特别欣慰能在我的学校接待来自法国的朋友。法国对于中国人来说不遥远也不陌生，相反，是一种生发于内心的熟悉和亲近。普通的中国人，即使没有到过法国，也会如数家珍地谈论巴黎，谈论那里伟大的雨果笔下的巴黎圣母院，谈论凌空而起的埃菲尔铁塔、凯旋门和凡尔赛宫，知道那里有一条充满香气的香榭丽舍大街——不仅是因为这条大街汉译文字本身就很美丽，就充满了花的香气，可能还因为那里满街都飘着香奈儿的迷人的香气——中国人还知道那里有一条同样美丽的河流，甚至"熟悉"塞纳河沿岸撑着花伞的露天咖啡座，也许更进一步，还知道萨特或者罗丹。

中国人是那样地钟情巴黎，钟情法国，文学、艺术、诗歌、雕塑，

[①] 2014年5月7日，首届中法诗歌节在北京大学召开，这是当日的开幕式致辞。

还有哲学以及法兰西传统。中国人知道法兰西的伟大。伟大在她的思想和激情，也许还有令所有人羡慕的法国式的浪漫。关于文学，从巴尔扎克、莫泊桑到罗曼·罗兰，法国创造了非凡的文学奇迹。关于诗歌，那更是无比璀璨辉煌的满天星斗，他们是一长串闪闪发光的名字：雨果、波德莱尔、兰波、艾吕雅、马拉美、魏尔伦、瓦雷里、阿波里奈、圣琼·佩斯……中国现代伟大的诗人艾青，早年从巴黎，从被他称为的彩色的欧罗巴，带回了一支芦笛①。在中国，这支芦笛化作了一支呼唤黎明和太阳的号角。艾青动情地说："我耽爱着你的欧罗巴啊，波德莱尔和兰波的欧罗巴"。

  这些代表了法国的理想和智慧的诗人，都是中国诗人的朋友，甚至是他们的老师。中国诗人从他们那里学到了理想的歌唱的语言和方式。了解中国诗歌历史的人们都知道，在中国新诗的草创期，就受到了法国诗歌极大的影响，许多诗人从法国诗歌那里获得了创造的灵感。在朱自清为中国新文学大系诗集所写的导言中，多次提到这种法国的影响："留法的李金发氏又是一支异军"，"戴望舒氏也取法象征派，他译过这一派的诗"，"后期创造社三个诗人，也是倾向于法国象征派的"②。朱自清给早期的新诗总结为三个诗派：自由诗派、格律诗派和象征诗派，其中最具创新意义的象征诗派主要是受到法国象征主义的影响。由此可知，早在当初设计新诗的时候，中法诗人的交流和融汇就已经相当地深入了。

  人类的文明没有高低、优劣之分，它们以各自的独特性造就了多彩丰富的世界。诗歌也是如此，所有伟大的诗歌都是人类共有的财富。在现今并不理想的世界上，诸种文明的互惠，多元诗歌的无保留的热爱和彼此欣赏，平等的、不含任何世俗目的的交流，超越了国界，消

---

① 《芦笛》是艾青为纪念阿波里奈而作的一首诗。
② 此处所指创造社后期三个诗人是：王独清、穆木天、冯乃超。

弭了政治和宗教的分歧和差异，达成了心灵层面的尊敬和谅解，这是并不美丽的世界的最美丽的一道风景。鲜花一般芬香的是诗歌，海水一般透明的是诗歌。也许诗歌无法消除恐怖活动和彼此仇杀，但是至少此地、此时、此刻，我们的内心是安宁的，我们的笑容是灿烂的。

祝中法诗歌节成功，祝朋友们健康快乐！

为了中国新诗的建设
——《新诗评论》发刊词

新诗的创立始于对旧诗的质疑（或曰"破坏"）。在新诗还没有出现的时候，中国已形成了一个非常完备的诗歌形态——即我们称之为"旧诗"的中国古典诗歌。古典诗歌的繁衍发展，已有数千年的历史，经过历代诗人的创造性劳作，这个诗歌形态已达到无与伦比的至善至美。它是足以称豪于世的中国文化的骄傲。那些在漫长岁月中经无数杰出诗人的锦心绣口酿造而成的辉煌诗篇，已经成为永远不可企及、也永远难以超越的传世经典。

中国古典诗歌是中国灿烂历史文化的诗意再现。在那里，不仅展示了中国田园山川的迷人意蕴，而且，更包孕着世代生活在这里的中国人、特别是中国文人与周围景物融为一体的心灵世界。这是另一个世界，一种高贵的、优雅的、超然的、静默而悠远的神思的世界。这些诗歌，保存了亚洲广漠内陆原始状态的自然风光，以及人置身其中的恬然与和谐。然而，中国人所创造这个臻于完美的世界，却是与世隔绝的和让人迷醉不醒的。

西方的工业革命打破了世界的宁静。19世纪中叶，一群不速之客试图打开中国封闭的大门，但是遭到了这个古老帝国的拒绝。于是爆发了战争。中国在这些战争中屡战屡败。于是激起了一批先知先觉的志士仁人为强国新民而进行的探索与抗争。"国势陵夷,道衰学弊"①,列强虎视于外,军阀混战于内。内忧外患把人们的目光和心智引向了对于中国积弊的追问与探讨上。

这些人救国无门,医心乏术,四处求索,最后找到了封建文化这个病根。认为是长期的封建思想的统治,严重束缚和影响了中国的进步。于是爆发了"五四"新文化运动。反对旧文化,建立新文化,反对旧道德,建立新道德,反对旧文学,建立新文学,就成了这个新文化运动的方向和目标。他们认为国之弱,在于心之衰,欲强国必先新民,新民之道在于铸魂。从启发民智开始,达到改变国运之目的,于是寄希望于新文学对全体国民的启蒙。这就是此刻他们所能提供的疗救国难民瘼的"药"。

于是,扫除障碍,创建新物,就成了这一场文学革命的必要方式。新诗的创建就是这样被提到了最初那些改革者的面前的。他们义无反顾地要拿旧诗开刀,决心要抛弃旧诗的那一套程式。胡适说的要"去掉词调",其实就是要去掉古典诗歌的那些韵味和意境。从黄遵宪的"我手写我口"②,到胡适的"要使作诗如作文"③,其基本思路是一致的。那时,只一味地要诗来承载新事物和新思想,破坏旧的一切在所不惜。为"革命"而不计"文学",为"新"而忽略"诗",竟是一种"常态"。如果不是刻意如此,也就是必然如此。

---

① 《青年杂志》(即《新青年》)发刊《社告》之第一条:"国势凌夷。道衰学弊,后来责任,端在青年。本志之作,盖欲与青年诸君商榷将来所以修身治国之道。"见《青年杂志》第1卷第1号,1915年9月15日。

② 黄遵宪《杂感》:"我手写我口,古岂能拘牵。即今流俗语,我若登简编,五千年后人,惊为古斓斑。"此诗作于同治七、八年间(1868—1869),作者时年二十一、二岁。见《中国近代文学大系·诗词集1》,上海书店,1991年4月,第486页。

③ 胡适:"诗国革命何自始?要使作诗如作文。"见胡适:《我为什么要做白话诗》,《新青年》第6卷第5号,1919年5月。

现在的人们也许很难理解，当时的人们何以会对传统文化和文学持有如此激烈的态度。因为我们和他们毕竟生活在不同的社会环境中。当时的第一要义是生存，为了生存而不惜毁弃旧物，包括精美绝伦的中国古典诗歌。由于一代人艰苦卓绝的努力，新的文学和新的诗歌在新思想的推动下终于被创造了出来，这是那一代人的前无古人的创举。不然的话，直至今日，我们可能仍然生活在旧思想和旧道德的阴影里，可能仍然处于与世隔绝的蒙昧中。"五四"诞生的新诗如今已成了我们精神生活的必须，成了我们表达思想情感的基本手段。当然，这一切是以与中国传统诗歌不同程度的脱节为代价换来的。

新诗的建立，始于对旧诗的破坏。那时的人们，急切之中来不及思考传统与革新、破坏与建设的关系。事实是，传统不因革新而断绝，也不因"破坏"而消失。毋庸置疑，即使是以西洋为师"尝试"而成的新诗，也依然保持了中国诗的血脉气韵。写过《文学改良刍议》的胡适，很快就感到了一味"破坏"之不可取，他在《建设的文学革命论》①中说，他的"八不主义""是单从消极的，破坏的一方面着想的"，"我现在做这篇文章的宗旨，在于贡献我对于建设新文学的意见"。在这篇文章中，胡适突出了他的"建设"的理念。他谈到了收集和扩充材料以及布局、剪裁、描写等涉及文学性方面的相当广泛的建设性的意见。

新诗草创期在对待传统的态度上，的确有着简单和极端的立场和见解。但那些先行者也并非对此毫无觉察。俞平伯说，"白话诗的难处，不在白话上面，是在诗上面"②。周作人说，"经过了许多时间，我们才觉醒，诗先要是诗，然后才能说到白话不白话"③。包括胡适在内的这些"建设"的见解，都产生在"破坏"的同时，由此可见，即使是在当时，激烈之中也有一份难得的冷静。当然，从整体上说，为了新诗

---

① 胡适：《建设的文学革命论》，载《新青年》第4卷第4号，1918年4月15日。
② 俞平伯：《社会上对于新诗的各种心理观》，《新潮》2卷1号，1919年10月30日。
③ 周作人：《扬鞭集序》，《语丝》82期，1926年5月30日。

《新诗评论》

的"尝试"而进行的一切，是付出了沉重的代价的。平心而论，新诗的诞生，本身就是最大的建设，尽管此前进行了激烈的"爆破"。为此，在近百年新诗史中，因与中国诗歌传统的一定程度的"脱节"与"断裂"，而留下了久远的隐痛。

中国的命运决定着中国文学的命运。中国新诗的诞生及成长的路途并不平坦，而是充满了磨难与坎坷。近代以来中国的特殊处境，使得文学以及诗歌不得不主动或非主动超负荷地承载着社会的和政治的责任。苦难的岁月，艰难的环境，都在时刻提醒人们应当"轻忽"甚至"放逐"抒情和诗意。在沉重的生存中侈谈艺术，可能是一种罪过。这些提醒不仅来自权威的方面，甚至来自诗人自身。越来越严重的社会的和意识形态的压力，促使诗歌自愿或不自愿地向着非审美的方向缓慢地甚至急剧地"移位"。

这意味着中国诗歌面临着另一场更为严重、也更为持久的"善意的破坏"。之所以是"善意"的，乃是由于对新诗所有的这些要求，都是"重大"的、乃至"神圣"的。例如要求艺术服从政治，例如要求个人服从集体，例如要求提高服从普及，例如要求审美服从宣传，等等。所有的这些要求，都是毋庸置疑的，也都是"合理"的。从20世纪30年代后期，一直到70年代后期，新诗都处在这样不断被要求和接受"改造"的环境中，这些举措，都一无例外地被指称为"建设"，其实，恰恰是建设的反向。

与此相关，伴随着关于新诗方向、道路、方法等等重大问题的贯彻和施行的，还有无休止的，几乎是不间断的"运动"、批判、学习和改造。其目的也无一例外地指向建立新诗的单一模式——即我们通常指称的"一体化"上。这种关于新诗的单一模式的确定和推广，从来都被形容为是一种贯彻了正确方向的"最好"的诗歌的产生。理论不断引导和要求全体诗人都写这样的诗。于是久而久之，诗歌就只剩下一种统一的、单调的声音。对于诗歌和文学的戕害，还有比这种按照统一的模式制造更为严重的吗？

因此，长时间以来，我们的期盼，就是期盼这种诗歌噩梦的终结，即坚硬的一体化格局的解体。至于说到20世纪80年代新诗潮的出现，人们对此可能有诸多各不相同的评价和说法，我们却宁可把它看作是文学新时期的第一只报春燕，是一根打进那长期形成的无比坚硬的、固化的、诗歌统一体的楔子。这是另一次对于秩序的"破坏"，但它导致了一个诗歌建设的新时代的诞生。要是没有这一根非凡的"楔子"打开那一道裂口，我们至今可能还喘息在单调而贫乏的诗歌阴影之中。

往后发生的一切事实，都是我们的亲历，已经毋庸多言。中国新诗的新局面已经打开，正沿着一个健康的、生动的，而且是多样化的方向行进。各式各样的诗人，在写着各式各样的诗，这就是当今中国诗歌的事实。是的，也许有点驳杂，也许有点失序。但是，枷锁已被打碎，诗人的自由表达正在受到尊重，这是弥足珍贵的。是的，我们对现状不满，感到了权威和经典的缺失。也许是我们的粗心，那些存在未曾被我们发现。但一个不争的事实是，这时代还没有诞生能够代表它的特有精神的诗人。因此我们等待，我们有充分的耐心。

北京大学是中国新文学的故乡，更是中国新诗的摇篮。中国最初的那批新诗的探险者，正是以这里为出发地，开始了中国新诗的探索与试验的航程。他们做着前无古人的工作，他们在古典的辉煌之外别创新物。他们面对的是千年的完美以及对这完美的领悟和倾心，还有更使他们为难的，那就是被那种完美娇惯了的、居高不下的"口味"。新诗的创造者们，就是在这样的历史、以及由这历史培育出来的、有着极高的欣赏品位的惯性（也许还有惰性）面前进行他们的工作的。他们是大无畏的建设者。他们不仅为中国的新文学、中国的新诗赢得了荣誉，也为北京大学赢得了荣誉。

新诗在充满荆棘的路途中，已经有着近百年的行进。它取得了大的业绩，也存在诸多亟待解决的问题，例如，在处理中国传统与外来影响的关系上，在处理社会承担与创造自由的关系上，在处理多样性与经典性的关系上，在处理诗性与社会性的关系上，在处理自由与格律的关系上，等等。我们面临的是百年探索与试验留下的一份严肃的问卷，历史用一百年的时间等待我们的回答。空谈不仅无用，也无益。与其花时间去做无谓的论争，与其花精力侈谈什么是最好的"主义"和最好的"方法"，不如用百倍的努力去写出一首好诗。摈弃破坏，倡言建设，正当其时！

在北京大学中国新诗研究所成立之后，我们想到的第一件事，就是要办如今这样的一份刊物。《新诗评论》现在及将来想做、要做许多事，但归结起来可能就是一件事：立志于中国新诗的建设。在北大同人中，同样存在各不相同的诗歌观念与诗歌理想，在当今的时代，这原是一种常态。但不论如何，作为一份北大办的刊物，我们理应牢记蔡元培先生的办校理念，把兼收并蓄和学术自由的原则引进到新诗的建设上来：不问门户，不拘流派和群落，只求言之有理，只求自圆其说，只求有益于中国新诗的建设。

2005 年 3 月 25 日于北京大学诗歌中心

世纪诗歌之约
——《中国新诗总系》总后记

　　北京大学中国新诗研究所成立伊始，我们想做的第一件事，就是立即着手进行《中国新诗总系》的编撰工作。这是我和孙玉石、洪子诚先生，我们几位朋友长达半个多世纪的夙愿。记得当年，我们几个合作编写《新诗发展概况》，我们对自己的工作并不满意。此后就暗暗立下志愿，我们要以自己的行动，以补偿我们当年的缺失。

　　这个愿望因多种原因迟迟不能实现。直到新诗研究所成立，由于北大校方和中坤集团的大力支持，我们终于具备了开展这项工作的条件：2006年1月14日，新诗所在北大召开会议，决定正式启动《中国新诗总系》的工程。原定三年完成此项工作，但还是稍微延长了一些时日，直至2009年末，我们终于把全书总共十卷的原稿交付出版社。

　　北京大学是中国新诗的发祥地，形象一些说，它是中国新诗的摇篮。从胡适、陈独秀开始，以《新青年》和《新潮》为阵地，历届的北大师生都为新诗的发展做过贡献。北大伴随着中国新诗走过了整整一个世纪，伴随它经历了全部的艰辛困苦，并分享着它的胜利的荣光。作为后来人，为中国新诗立传，这是我们义不容辞的责任。这是我们与中国新诗的世纪之约。

《中国新诗总系》

《中国新诗总系》以10年为期分卷，即20年代卷（主编姜涛）、30年代卷（主编孙玉石）、40年代卷（主编吴晓东）、50年代卷（主编谢冕）、60年代卷（主编洪子诚）、70年代卷（主编程光炜）、80年代卷（主编王光明）和90年代卷（主编张桃洲），从20世纪初叶直抵20世纪末。另有两卷，分别为评论卷（主编吴思敬）和史料卷（主编刘福春）。全书总字数约八百万字。

本书要求做到：一、各卷有由主编撰写的长篇导言；二、改变历来此类书按作者音序、笔画等排列的惯例，坚持按选诗的内容分类编目（个别卷除外）；三、力求采用最初的版本、按正式发表的时间并注明原始的出处（60、70年代因情况特殊，可采用实际写作时间，而不以出版时间为准）。以上是总系始终坚持的"编选三原则"。除此之外，在工作过程中我们还先后强调，入选诗应以艺术和审美水准为第一参照，兼顾它的文学史价值，即："好诗主义"和"时代意义"的综合考量的原则。

为了保障质量和协调合作，在工作进行中举行过多次会议：2008年4月在杭州举行第一次定稿会、2008年9月在黟县举行统稿会、2009年8月在银川举行工作会议，此外，我们先后在北大还举行过多次的审稿会议。谢冕、孙玉石、洪子诚分别审读了各卷文稿，张剑福、刘福春、杨柳协助了全书的发稿工作。这些工作，在2010年到来之时，均已大部告竣。

感谢各卷主编的精心有效的工作，向你们道声辛苦！感谢中坤集团和诗人骆英先生的全力支持、感谢张剑福先生以及他所领导的团队杨强、王桂玲、周燕、曲庆云诸位的关心和支持和辛苦的工作。最后，还要感谢人民文学出版社的大力支持、特别是杨柳女士始终一贯的认真、细致、有效的工作。

此书出版之日，适逢北京大学中国新诗研究所建所五周年、北京大学中文系百年系庆，谨以此书为节庆之贺。

2010年3月14日于北京大学中国新诗研究所

寻花踏影到梦端[①]
——《中国新诗总系》出版感言

2010年6月下旬，北京大学中国新诗研究所和首都师范大学中国诗歌研究中心联合举办"中国新诗：新世纪十年的回顾与反思"的诗学论坛。会议的开幕式在梦端胡同四十五号院举行。梦端胡同四十五号院是清朝一位王爷的府邸，那里有千年的丁香古树。梦端这名字很奇特，不管是发端还是终端，都让人梦想，都是做梦的地方。恰好那天的开幕式我说到："诗歌是做梦的事业，我们的工作是做梦"。我的发言引发了同济大学喻大翔先生的诗兴，他在会间以此赋诗纪盛：

楼台竹月起空山，
后海丁香卷巨澜。
此夜诗神吟何处，
寻花踏影到梦端。

2010仲夏我们开会的时候，《中国新诗总系》的全部书稿已在人

[①] 这是同济大学喻大翔教授赠给本文作者的《竹园感怀》中的诗句，竹园，宾馆名，当日的会议入住于竹园，开幕式则在梦端四十五号院举行。

民文学出版社紧张地排印、校对之中。从那时到现在，几个月过去了，又到丁香蓓蕾的季节，《中国新诗总系》已经出版。此刻我想到的，也还是一个梦字。编撰《中国新诗总系》的工作，对于我本人、还有今天到会的孙玉石先生和洪子诚先生来说，都是一个圆梦之举。我们从青年时代开始了诗歌梦，半个多世纪的梦想，今天终于变成了现实。

梦醒之后，一切细节都有些迷茫。此刻的心情，说是忧喜参半可能还不准确，准确地说，是忧多于喜。事情做完之后，经常想到的是，我们留下了多少"硬伤"？留下了多少遗憾？我们能补救我们的过错吗？想到这里，心中总是忐忑。就以我负责编写的50年代卷为例，那些作者，大都还健在，他们有的是我的前辈，有的是我的同辈，有的还是非常要好的朋友：我选了谁的诗？没选谁的诗？是疏忽了？遗忘了？还是一种坚持？他们在乎吗？我是否有愧于朋友？总之都是这样一些很"俗"的念头在折磨我。

有人说，电影是遗憾的事业。我们编书，也是遗憾的事业。其实我在编书开始之时就下了决心：排除一切人情的干扰，不征求别人的、特别是被选者本人的意见，也断然谢绝作者的自荐。我自己这样做，也要求各卷主编这样做。我们都来自学院和学术机构，从内心深处，是希望维护我们服膺并珍惜的那种独立的、纯粹的学院精神。记得牛汉先生曾经说过，那些流行的诗选中，选一首的多半是"被照顾"的。我赞成牛汉先生的意见，但我希望在我的选本中，即使只出现一首，也必须是优秀的。

这一切，当然是为了坚持学术的尊严和学者的品格。令人欣慰的是，我们大体是做到了，我只举一个实例来说明。大系理论卷的主编是吴思敬先生，吴先生在诗歌理论和诗歌批评方面的杰出贡献是业界公认的，但在总字数达八十多万字的理论卷中，吴先生自己文章一篇也没选。这当然不是疏忽，不是遗忘，也不是谦虚，而是一种可贵的、令人感动的坚持！

2010年6月,"中国新诗:新世纪十年的回顾与反思"诗学论坛在梦端胡同四十五号院举行

我是一个追求完美的人,但我深知世上难有完美之事。现在向诸位呈出的总系就是这样希望完美、依然留有遗憾的、令我内心不安的成果。我们尽心尽力了,但是我们无法尽善尽美。我们今天的研讨会,不是庆功会、表彰会、也不是一般的首发式,是想以我们的工作为契机,在此基础上谈论中国新诗的研究、整理、选编、版本以及史料等问题,目的仍在于新诗的建设和发展。这就是:已经完成的工作,没有终结的思考。

感谢各卷主编,向你们道声辛苦!感谢你们接受我的邀请共襄盛举,也感谢你们的宽容,"忍受"我近于无情的"催逼",甚至同样近于"独断"的"粗暴"。正如刘福春先生说的,我们的这一场"战争"是有些悲壮的,所幸,这一切都过去了。现在,就等着我们收拾"炮火之后的残留",好好地总结并改进那一切。建议大家认真阅读每一位主编所写的长篇导言,那是他们面对历史的总结和思考,我更提醒大家不要忘了阅读他们所写的编后记,那里除了交代编选细节,表扬责编,还有对总主编善意的揶揄甚至"挖苦"——那些都是性情中人自然的真情流露。

北京大学中国新诗研究所是一个既无编制、又无国家固定经费、更无办公场所的"三无机构"。全部人员除了骆英先生(他的编制不在北大),其余七位成员中四位是退休教授,三位年轻一些的,也都是名副其实的业余(他们的编制在北大中文系,都有自己的教学和科研任务)。我们的工作得以开展,首先要感谢北大的校领导,从周其凤校长、张国有副校长到基金办邓娅主任,还要感谢北大中文系的领导,他们始终一视同仁地关心并支持我们这个"虚体"和"业余",为我们的工作开一路的绿灯。

在这里我要郑重地感谢中坤集团、感谢诗人骆英。是他的爱心和义举,使我们能够圆了这个长达半世纪的梦!骆英事业有成,不忘诗歌,不忘感恩,不忘母校和师长,他把精力和资金大量地投向教育、诗歌和文学。事实非常清楚,没有中坤的无私援助,就不会有现在的中国新诗研究所,也不会有《中国新诗总系》。

在此,我还要强调,骆英不是一般的企业家,他还是有抱负、有理想的文化人,他是诗人。他的感人之处,也许并不止于他注资于文化和诗歌的行为,也许最感人、也最深刻的是他的精神力量和人格魅力。骆英是一个百折不挠的人,他写过很多美好的诗篇(这些诗都是他在商务繁忙的间隙,在跨洋飞行的机舱里写成的),而我认为他的最美丽的诗篇是写在珠穆朗玛峰上的。假使世界上有一位诗人,以坚定的脚步一步一步地登上了世界最高峰上,而且迎着巨风和冰雪朗诵他的诗篇的,迄今仅有一人,那就是骆英。

最后，要感谢人民文学出版社，他们连续三年上报了总系的出版计划，他们的信任和坚持令我们感动。就我本人而言，我和人民文学出版社的友谊，可以追索到三代人，黄肃秋是第一代，是师辈；谢永旺是第二代，是同辈；杨柳是第三代，是学生辈。三代人共同的特点是：专业、敬业、坚持学术的高品位，一丝不苟的严肃精神。杨柳和我们的合作十分愉快，各位主编都在自己的后记中，真诚地表达了对杨柳的敬意和感谢。

今天邀请到会的媒体是《文艺争鸣》的朱竞，《中华读书报》的舒晋瑜，《文艺报》的王山，《新京报》的绿茶，他们都是我们的好朋友，也是我心目中的媒体的"金砖四国"。此前，三份报纸都在没有我们的授意下，主动及时地为总系作了精心的报道，现在就看《文艺争鸣》了，朱竞要加把劲啊！

2011 年 3 月 19 日，于北京怀柔宽沟

在胡适陈独秀工作过的地方
——《中国新诗总论》总后记

2004年北京大学中国新诗研究所成立。我们要做的第一件事是编选《中国新诗总系》的工作。这是夙愿。我邀请了研究所以及高校同仁孙玉石、洪子诚、吴思敬、刘福春、程光炜、王光明、吴晓东、张桃洲、姜涛（以及我本人），分别担任总系10卷的主编。我们的工作始于2006年，历时三年，于2009年将全部文稿交付出版社。2010年《中国新诗总系》出版之日，欣逢北京大学中文系百年系庆，算是我们的一个工作汇报，也是一份百年献礼。

2010年北京大学中国诗歌研究院成立。也如以往，我们要做的第一件事仍然是有关新诗创作和史料的整理研究。有鉴于原先总系的理论、史料两卷篇幅紧窄，未能充分展现百年盛况，遂决定在《中国新诗总系》的基础上再编选一套《中国新诗总论》，以为新诗百年之纪念。研究院建院伊始，诸举待兴，列首位者，则是《中国新诗总论》。因为我觉得，研究机构，特别是大学里的研究机构，无论如何，总要把科研和教学，把学术建设放在首位，这才名实两敷。

总论的书名是我建议的，一是简括，二可与总系连接配套。就这样，我们开始了另一场艰苦的劳作。我约请了多年共事的朋友分别担任总论各卷的主编，按各卷时序，是姜涛、吴晓东、吴思敬、王光明、张桃洲，计5卷，赵振江的翻译理论卷单列，为第六卷。时届新诗百年，各方多有纪念之举，各种诗歌选本名目尤多，但百年新诗的理论批评及诗学建设的史料汇编，似未引起关注。据我所知，像我们这样以巨大篇幅系统整理的工程，我们可能是独一家。

对此我不敢轻慢，除了开会反复讨论涉及编选原则、工作步骤等问题外，我还利用微信连续发出多封总编建议。关于本书性质，我提出："《中国新诗总论》为中国新诗诞生一百年来理论批评文献之总汇。拟编选包括自晚清诗界革命以降，五四新诗革命理论的草创及其沿革，直抵本世纪最近十数年间中国新诗学的变革、发展的文献史料。选文力求赅备，以不遗漏任何一篇有价值的文献为目的。"与此同时，我还提出"宽泛的理论批评"的概念："我们的理论文选除了传统的文字之外，还包括了精辟的创作谈（诗人自己的）、创作论（论者的）赏析、

新诗所部分成员于胡适故居

导读甚至出版告示一类的文字。"感到欣慰的是,我的这些意见得到了尊重。我们的工作克服了诸多艰难,大体按原先的计划逐步实现着,有些延搁,也有些疏漏,但总体是好的。

2017年晚秋时节,我们在香山有一个关于百年新诗的聚会。我在致辞时说,中国新诗走过了一百年的路径,我们是中国新诗一百年存在和发展的见证人,我们不仅是幸运的"百年一遇",而且是幸运的"百年一聚"。对于我本人,从事这番工作,心中总隐现着梦一般的"现场":这里是北大的红楼,这里是当年文科学长陈独秀先生的办公室。阳光从木格的窗棂斜照进来,砚台上留着他的墨香。正是此时,胡适先生的黄包车也驶进了院门。我生何幸,我竟成了他们百年后的"同事"!

六十多年前初进北大的时候,学校组织过新生对红楼的访问。在幽静的红楼一层的过道,我仿佛看见两位先生的身影。就这样,我开始了北大六十多年的学习和工作。北大对我的影响是全面的,它铸造了我,给我智慧,也给我毅力,而其间最为深刻的则是它的立校精神。在北大的日日夜夜,我总把这种精神融入我的学业和治学之中,也消融在《中国新诗总系》和《中国新诗总论》的编选工作之中。

我们的"百年工程"终于"竣工"了,我作为两套大书的总主编,我要郑重向先后参与这些工作的朋友、同仁孙玉石、洪子诚、吴思敬、赵振江、刘福春、程光炜、王光明、吴晓东、张桃洲、姜涛等致以诚挚的谢意和敬意。也要借此机会向长期默默支持我们工作的骆英、李红雨、张剑福、蒋朗朗、杨柳和马瑾,向先后承担编辑出版的人民文学出版社、宁夏出版社致以诚挚的谢意和敬意。

2017年11月20日于北京大学采薇阁

《新诗发展概况》答问

问:《新诗发展概况》(以下简称《概况》)的编写是如何发起、组织的?由谁提出?怎样形成这六人组合?当时你们是大学生,对承担这一任务有什么看法?

答:事情还得从头说起。我们六人中,我、孙玉石、孙绍振和殷晋培当时是北大中文系1955级的同年级同学,我和殷晋培是一班,孙玉石和孙绍振是二班。在1958年"大跃进"中,我们年级响应"拔白旗,插红旗"的号召,起来批判"资产阶级权威"(其实就是批判我们的老师)的学术观点。我们利用暑假集体编写了"红色文学史",在社会上反响很大,一时成为学术界大跃进的典型。1959年国庆前夕,70万字的《中国文学史》正式出版。书出来后,我们年级就很有点名气了。

记得也就是在那个时候,大概是1959年的初冬时节吧,我在宿舍接到《诗刊》编辑部打来的一个电话,说是《诗刊》的负责人要到宿舍来看我,谈一些他们的设想。在约定的时间,一辆黑色的小汽车开到了我所住的32斋学生宿舍。来的人是《诗刊》副主编徐迟先生,编辑部的沙鸥先生和丁力先生,他们都穿着厚重的大衣。

徐迟先生跟我说,新诗发展已经三十多年了,迄今没有一部用正确的观点写的新诗史。这件事靠一些专家做不好,因为他们没有正确的观点。克家同志和编辑部研究过了,建议由北大的同学来编一部新的新诗发展史,时间要快,利用寒假的假期立即动手,争取明年(即1960年)开始在《诗刊》连载。沙鸥和丁力也都讲了些鼓励的话。那次谈话很具体,大体涉及了中国新诗的发展的历史以及关于新诗史写作的一些设想。至于参与这一工作的人数,我们觉得人少了做不完,人多了也做不好。人数多少,找谁来做,如何发挥集体编写的优势?他们建议由我来考虑,组织一些同学,组成一个集体的班子。

他们走了之后,我开始考虑人选。1955级的几个同学平时交往甚多,在这次集体科研中又加深了了解,一谈下来,大家都很投机,当然不成问题。大概是在交换意见的过程中,我们已经对未来的诗史的初步结构有了一些想法,觉得六人比较适中。于是又征求刘登翰和洪子诚的意见,他们是1956级的,比我们低一届,大家本来都喜欢诗歌,也谈得来。六人的班子就这样定了下来。

我们这些大学生,当时都参加了学术批判的活动,正在"大跃进"的兴头上,可说是充满了自信与豪情,那时我们不知畏惧为何物,都有一种舍我其谁,志在必得的狂劲。都说是少年轻狂,其实那个失去理性的年代本身也极力怂恿我们。现在有"无知者无畏"的说法,我们那时少不更事,不是无知,却是少知,而无畏则同。

问:在1958年前后,编写事实上是中国新诗简史性质的论著的动机是什么?

答:在当时那种大跃进"一天等于二十年"的背景下,到处都在"放卫星",不论是《诗刊》领导还是我们,当然是希望能够以最快的速度写出一本观点和方法都正确的、有异于前人的、崭新的新诗史。这在当时,我们都完全认同如下的看法:即这个工作不能依赖那些资产阶级的或小资产阶级的专家来做,只能由我们这些敢闯、敢干、没有思想负担的年轻人来做——这是当时非常流行的观点。

问：请回忆当时编写的具体情况。集体性的科研在当时是一种方向，在编写过程中如何收集、阅读材料，如何分工，如何统一思想观点？《诗刊》的负责人在编写中起到什么作用？

答：事情决定了，我们说干就干。寒假一到，同学们纷纷买车票回家过春节去了，我们六个人的第一件工作，便是大模大样地进了北大图书馆的书库，搬走了一整车的新诗的诗集和相关的资料，是满满的一个面包车的资料。我记得开始是集中一段时间通读原著，包括诗人的诗集和有关史料。最初是一种普遍的阅读。随后是根据阅读的心得漫谈各自对中国新诗发展的观点和认识，包括未来诗史写作的分期等具体问题。我们当时非常注重观点的"正确性"，我们有一种使命感。至于观点本身，就我个人（也许1955级的几位学友也如此）而言，因为刚刚从红色文学史的集体写作现场走出来，则是非常重视当时编写文学史议定的三条基本思想：一、民间文学的主导地位；二、现实主义的主体意识；三、进步的、革命的与落后的、反动的两条路线的斗争。至少在我个人，是在自觉地把这三条"原则"运用到这次新诗史的写作中来了。

当然，我们的思想也并不那么单纯。我们这些人很早就喜欢诗歌，受到国内外许多诗人的影响，内心深处依然有着与当时流行的趣味相背的东西，我们在情感与理智、响应号召与个人爱好方面是矛盾的。当然，在那个年代，一切都服从于整体的时代氛围。

六个人因为相知已久，情趣相投，加上集体科研的合作，我们之间的观点几乎没有分歧，意见非常一致。我们的分工是根据自愿而稍加调整，一般来说都是相互协调的结果。我们自身有处理各类问题的能力，主要的意见都是自己提出自己予以解决。《诗刊》在生活上和物质上给我们提供了有效的保证：和平里一套空置的宿舍，必要的家具包括取暖的炉子和烟筒以及简单的办公用品，都是《诗刊》给我们准备的。但好像并没有给予生活补助之类，我们完全是"生活自理"。那时提倡"共产主义风格"，我们也不会提出类似的要求。徐迟先生和丁力先生是和我们联系最多的，他们经常在业务上给我们解惑。

问："反右"之后，似乎对现代文学史已经确立了基本的叙述方法和评价标准，你们都是爱好诗歌的，这种标准与你们原先的爱好、评价是否相符？如果出现冲突，如何解决？如何确定《概况》的体例，确定描述范围，确定诗人所属的"路线"，如何分配比例？

答：这个问题前面已经涉及。当然存在矛盾与冲突，由于那时不断批判个人主义的结果，我们遇事总是怀疑和否定自己，总是会排除一切"私念"服从"大局"。所以，虽然在内心深处有过去的趣味，但"排除"也并不困难。前面我已说到，我是把集体编写文学史的"经验"带到这项工作中来的，我们的指导方针当然是以两条路线斗争为纲，在诗人中分出进步的和落后的、现实主义的和反现实主义的、资产阶级、小资产阶级和无产阶级的，等等。前者是我们要加以肯定的，也就是要重点予以描写的，后者则是要加以批判的，也就是作为陪衬的。在这样的前提下，我们重笔肯定了像殷夫、蒋光慈这种类型的诗人，而对艺术性虽然很高而思想性不强的诗人，如徐志摩等则有意地予以贬低。我们把前者视为主流，把后者视为支流或逆流。

问：《概况》每一章开头、结尾，都引了一些诗人的诗句。这些诗人和他们的诗句的引用，是怎样确定的？

答：这是我们很得意的"创意"。开头和结尾引用的诗人及其句子，是我们认为可以代表那一时段诗歌主流的现象。例如，"五四"时期的郭沫若，引诗来自《女神》，这些都代表我们认为的主流。

问：据说你们当时集中在一起，住的什么地方？吃饭等日常生活怎样解决？

答：为了排除干扰、集中精力在极短的时间里完成任务，《诗刊》给我们在和平里找了一套无人居住的宿舍，安装了冬天取暖的炉子，简单的床和桌椅，就是不能自己起火做饭。我们每顿饭都在附近找饭馆解决，因为是穷学生，当然是非常简单而节省的饭食。记得刚来的那天，孙绍振自告奋勇担当了给炉子生火的任务，待得我们从外面吃饭回来，迎接我们的却是满屋子的乌烟瘴气！这个从来自我感觉良好的家伙，这会儿可不敢吹牛了。我们很为他的受挫高兴了一阵子。我们在和平里居住了整整一个寒假，那年的春节也是在那里过的。我们艰苦奋斗，闭门谢客。同学们都回家去了，也没有什么客人。记得倒是有一位女士来访，那就是吕薇芬，她的到来给我们寂寞的生活带来了温暖。我们的邻居都是作家协会的，我们平时都是伏案工作，也不和邻居往来，后来知道我们的楼上就是翻译家朱海观先生，同楼还住着诗人邹荻帆先生，我们曾拜访过他们。

问：《诗刊》曾组织对《概况》的讨论，都有谁参加？提了那些意见？为什么《概况》在《诗刊》没有登完？发生了什么事情？据说原来要出版单行本的？

答：是开过征求意见的会，哪些人、提了些什么意见，都记不清了。记得臧克家、徐迟、沙鸥、丁力等先生都来了，可能还有郭小川先生。《概况》登了四章，便告中断，当时徐迟等先生并没有向我们说明原因。大概总是不便言说吧。据我估计，并不是我们的写作出了什么问题，而是整个文艺界的形势有变。阶级斗争的形势愈来愈紧，《诗刊》是有点自顾不暇了。原先的打算很好，是登完之后要出书的，但这事也不了了之了。"文革"结束后，丁力先生还记得此事，与我联系此著作出版的事。我把全部稿子整理出来，由丁力寄往百花出版社，遭到退稿。出版的事遂告绝望。"文革"后，我们把未曾登完的两章文稿陆续发表，此事告一终结。

借此机会，在你所提的问题之外，我还有两件事要说。其一，是署名问题。我们编"红色文学史"时，正当"共产风"的高潮，强调集体主义精神，所有作者均不署名，包括全书的领导机构编委会成员，也不署名。那时认为署名是"个人名利"，大家都很不齿。我们把这思想带到了《概况》中来。而《诗刊》坚持要作者署名，我们虽然有点害怕，却也挡不住"名利"的诱惑，同意了。开始我建议按六位作者的姓氏笔画排列。后来发表时的署名是编辑部定的，他们对此未作说明。其二，是稿酬。在编写文学史时，基于上述同样的原因，我们放弃了稿酬。这次《诗刊》表示要付给稿酬。我们心中有点忐忑，但还是乐意的。此事不能声张，只有我们自己知道。每期的稿酬都由编辑部直接寄给我，好像总有一、二百元光景。我收到稿费都记账，扣除邮资、饭费、交通费等开销之外，按六人平均发放。这在当时，是一个承担风险的行为，我在这样做的时候，有一种亏心的感觉。

问：《概况》的编写，对你们后来的学术工作发生了什么影响？它在您与80年代以后的诗歌观念和研究工作发生怎样的关联？您现在是如何评价、看待这一事件的？

答：明显的影响就是，我们六人此后都不约而同地走上了诗歌研究的道路。由于那段工作，使我们对新诗的历史发展有了比较全面的认识，我们在为它唱颂歌的时候，的确也看到了它的问题。在这样的认知基础上，"文革"结束后，面临80年代新诗潮的崛起，我们心中是非常明白了。我个人当日对于"朦胧诗"的态度，应当说是在编写《概况》时就在酝酿并逐渐明确的。

2007年1月11日于北京大学中国新诗研究所

美丽的不仅是相遇

——2010年培文图书作者联谊会有感

每年新年到来的时候，我都会收到一册图文并茂、印刷精美的"培文图书"。我知道这是培文在向我们报告：旧的一年过去了，新的一年开始了。我很喜欢这只一年一度向我们报春的燕子，喜欢读高秀芹撰写的每年一篇的卷首语，每一篇都是优美的散文。记得去年的题目是《书缘人间四月天》，她写了我们的聚会：

> 冬至。我在北京的严寒中行走，要去赶导师谢冕先生的一场诗歌盛宴。这是北京最冷的一天，冷得很彻底，很干净。路上行人很少，我却是欢欣的，因为心中的诗歌，因为我刚刚完成了培文图书的清理工作，严寒中的树枝以节制的沉思伸向黑而远的夜空，一切都是无言而丰美的，一切都是沉默而深思的。

读了这段文字，当时就有一种感动，这种感动历久不忘。时光过了一年，2010年来到了，高秀芹为新的一本"培文图书"又写了卷首语，这次的题目更是一句美丽的诗：《与你相遇人生很美丽》。依然是优美的抒情文字，作者表达了成熟人生的感慨："想着苍茫时间这样倏忽而过，心中不禁怆然，生命就这样一点点过去了。"

她在表达这样的人生感遇的同时，由衷地赞美了她所领导、并为之倾心的培文这个和谐、友爱而精粹的集体。珍惜生命、钟情事业、热爱朋友，应该是这篇主题为美丽的文章中最美丽的情思。前天一个会上遇到高秀芹，我告诉她，尽管她在文中惊怵于岁月的流逝，而我却有别样的心情：一年中你做了那么多的事，与你们相比，我为自己的散淡与懈怠感到惭愧。

一年一本的培文图书，说明了一切。这就是编者与作者相遇的美丽，为人类传播文化和诗歌的美丽，辛劳与汗水凝聚的美丽。所以，美丽的不仅是相遇，而是由于相遇所迸发的友谊、智慧的魅力。我告诉她，你为此贡献了时间，而你是无愧于时间的。

培文给我的启示是，坚持文化的高端而不随俗，着意于培育文化而拥有了市场，培文在滔滔的时尚之流中，坚持了高雅精深的文化品位，这是培文给予中国文化界和出版界的安慰和启示。培文体现了北大一贯坚持的思想独立和学术尊严的精神，培文是无愧于北大、也无愧于时代的。

作为一个作者和读者，我要感谢培文，感谢高秀芹所领导的精悍而敬业的团队！

2010年1月24日于北京大学博雅会议中心

培文坚持了高品位

在中国出版界,培文是独特的,也是杰出的。它之所以杰出,在于坚持了高品位和高效率,从而,可以预期的是,也拥有了高回报。培文的眼光是长远的,它不认同目下流行的急功近利的那些做法。在市场竞争激烈的今天,能够始终一贯地坚持出有价值的书是困难的。而以有价值的书去与那些无价值或少价值的书竞争,则更难。培文的坚定令人感动。

培文的这种坚定,为北大赢得了荣誉。它与北大在学界的地位是相称的。培文彰显了北大思想独立、学术自由的精神。正是因此,培文在中国乃至国际的影响日益深远,它的魅力来自全体成员的敬业精神以及领导者的智慧和亲和力。

2010 年 12 月 26 日于北京大学

写作永远是春天的[1]

北大培文杯青少年创意写作大赛去年成功举办了第一届，北大和国内的广大学者、专家、媒体和企业家参与其事，取得了良好的效果，出现了一批优秀的作品。这些作者现在是初中或高中的学生，将来呢，不管他们将从事何种工作，可以预期的是，他们将以此为起点，可能成为出色的文章家、写作家、文学家，成为文章好手。他们将接续以往，接续历史，托起我们未来的事业。

培文杯的倡议和运作，是一批年轻的事业家和领导者，他们当中，有很多都是我直接的或间接的学生，我欣喜于他们的勇气、智慧和毅力，他们在做我想过、却未曾做过的事情。我之所以支持他们的事业，是因为他们不仅是为今天，更是为未来而工作的。

在中国，写作被束缚和禁锢得太久，这其中有教育的原因，也有时代的原因。总而言之，写作变成一种千人一腔和千篇一律的东西，不是一件让人高兴的事。我们要改变这种状况，而改变的方式，创意写作就是一个开始。

---

[1] 2015年5月15日，北大培文杯第二届青少年创意写作大赛在北大启动，这是在启动仪式上的发言。

谢冕在北大培文杯创意写作大赛启动仪式上发言

将写作和创意紧密地联系起来，让人们最终认同：写作不是人云亦云，写作不是鹦鹉学舌，写作最终是自由的、创造的、创新的，因此写作终究是创意的。有人说"创意就是创造些新的意思"，这话就很有意思。写作表达自由的心灵。写作永远属于青春，青春的心境，青春的姿态。写作永远是绿色的春天，如同今天我们大家身上披的绿纱巾那样。

但是我们补充强调一点，不管怎么创新，怎么创意，写作必须以语文的通畅练达为前提，离开了对于语文的训练，离开了文章写作的基本规律，即使是创新和创意，也会因这种先天的缺憾而成为不圆满、甚至是不成功。

2015 年 5 月 15 日于北京大学人文学苑第一会议室

后 记

谢冕老师的这本散文集应为《红楼钟声燕园柳》的续篇，所写也都有关北大的人、北大的事。除少数几篇，文章大多作于《红楼钟声燕园柳》出版之后。

谢老师要我来选编这本书，并一定与高秀芹各写一篇序或后记。秀芹酒后胆大，敢为《红楼钟声燕园柳》作序，本书的序自然也应由她来潇洒发挥，而我只敢在书后做一些如实的交代。

选编谢老师的这本书并不困难。文章大多有电子稿，编辑体例也基本依照《红楼钟声燕园柳》。特别是谢老师对选编的态度是完全放开，取舍完全由我，虽然偶尔也会发来一些"最高指示"，但基本上可听可不听。没有"干扰"，资料又全，选编自然就顺利。

最没想到的是，这本书的书名成了难题。不知为什么，一向善于命名的谢老师这次走入了一条死胡同，怎么绕都绕不出来。从本书选题确定，几乎每次见面都要讨论书名，《湖边一片云》《岁月留痕》……前后有五六个之多，似乎一个不如一个。

11月3日下午，我和谢老师打车去香山参会。秋日的香山人多车多，不到一个小时的车程走了近三个小时，于是有了一次关于书名的充分讨论。我建议仿照《红楼钟声燕园柳》，用一个与其相对的书名。

谢老师采纳了，可讨论来讨论去只确定了"采薇"二字。会议结束我们分手，谢老师到家后发给我两个书名：《博雅烟霞采薇诗》《采薇词》。我选择了前一个，但仍觉不很满意。

11月17日应该是个重要的日子。又是下午，我打车接谢老师去中国现代文学馆参加活动。谢老师一上车就说，书名想好了：《博雅文章采薇辞》。话语不再犹豫，我也马上点赞。

书名中的"博雅"当然是北大未名湖边大名鼎鼎的博雅塔，如果理解为文章的"博"而"雅"也不错。至于"采薇"则是指采薇阁，这是北京大学中国诗歌研究院所在地，是北大的新景观。有关采薇阁，谢老师有一白一文的《采薇阁记》编入本书，无需我赘言。我想说的是，谢老师对这座仿古建筑似有更多的偏爱。为这座建筑命名，一篇现代散文的记叙不能尽兴，还要用传统文言进一步表现。这还不够，我们看谢老师近几年撰写的文章，虽然是写于北七家的家中，却大多标明是作于采薇阁。

谢老师热爱采薇阁，热爱博雅塔，热爱北大。谢老师1955年进入北大，至今已经六十余年。六十余年，用谢老师的话说是"专注做一件事"，就是"读诗和研究诗"。明年是北大120周年校庆，又是新诗诞生百周年，作为献给校庆和新诗百年的礼物，北京大学出版社策划出版这本书真是再合适不过了。

刘福春
2017年12月29日